AF219673

Das Lächeln der Meere
Sofie Capasso

Bibliografische Information der Deutschen Nationalbibliothek: Die Deutsche Nationalbibliothek verzeichnet diese Publikation in der Deutschen Nationalbibliografie; detaillierte bibliografische Daten sind im Internet über http://dnb.dnb.de abrufbar.

© 2022 Sofie Capasso
ISBN: 9783755782605

Cover: Cover: TomJay - bookcover4everyone / www.tomjay.de
Layout: Manuela Wirtz, 54586 Schüller
Titelbild: © oneinchpunch / Depositphotos.com
© Osman Temizel / Shutterstock.co

Herstellung und Verlag: BoD – Books on Demand, Norderstedt

DAS LÄCHELN DER MEERE

SOFIE CAPASSO

Gesehn, gehofft, gefunden

Gesehn, gehofft, gefunden,
gestanden und geliebt –
drauf eine Zahl von Stunden
durch keinen Schmerz getrübt.

Gequält, getrennt, geschieden
durch feindliches Bemühn –
dahin der Seele Frieden,
die süße Ruh dahin…

Sich liebend treu geblieben,
geklagt, gesehnt, geweint
und dann, im bessern Drüben
auf ewig doch vereint.

(Rainer Maria Rilke)

EINS

Gelangweilt sah Stella aus dem Fenster des kleinen Souvenirladens ihrer Eltern.

Es regnete leicht und die Straßen waren menschenleer.

Kein Wunder, denn die Ferienzeit war vorbei und die Touristen hatten Sylt verlassen.

Es war Samstag, eine Woche nach Ende der Sommerferien, und Stella arbeitete immer samstags im Laden ihrer Eltern in Westerland. Unter der Woche besuchte sie die zehnte Klasse der dortigen Realschule.

Ihre Eltern betrieben den kleinen Laden und gleichzeitig noch eine Pension.

In den Herbst- und Wintermonaten war es ruhig, dafür verdienten sie ihr Geld im Frühling und Sommer.

Da die Sommerferien nun vorbei waren und das Wetter die letzten Tage etwas kühler geworden war, hatte Stella nicht viel zu tun, außer aus dem Fenster zu starren. Sie mochte das Wasser, egal in welcher Form, auch als Regen. Das war auch der Grund, warum sie beinahe all ihre Freizeit am Strand verbrachte, egal zu welcher Jahreszeit.

Von ihren Freunden hatte sie schon oft ungläubige Blicke und Kopfschütteln geerntet, wenn sie an Regentagen lieber am Strand saß, als einen gemütlichen DVD-Abend auf der Couch zu verbringen.

Immer wenn sie mit ihren Eltern im Urlaub auf dem Festland war, was Gott sei Dank selten vorkam, spürte sie schnell die Sehnsucht nach dem Wasser und nach ihrem Strand. Diese Sehnsucht konnte so stark werden, dass sie sich richtig unwohl, ja fast krank, fühlte.

Überhaupt hatte Stella oft das Gefühl, anders zu sein. Sie war eine hervorragende Schwimmerin und Rettungsschwimmerin und hatte etliche Medaillen bei Wettbewerben gewonnen.

Sie war sehr groß für ein 16-jähriges Mädchen und überragte all ihre Freundinnen und auch einige ihrer männlichen Klassenkameraden.

Ihre Haare waren dicht und blond, ihre Augen türkisblau. Sie hatte sehr weibliche Rundungen und war nicht zierlich. Man mochte sie für hübsch halten, aber für die jungen Männer ihrer Altersklasse wirkte sie wohl eher einschüchternd. Mit ihrer selbstbewussten Ausstrahlung, hatte sie nicht diesen Niedlichkeitsfaktor, der bei den Jungs den Beschützerinstinkt weckte.

Die Kombination aus all dem führte dazu, dass sie bisher noch keine wirkliche Beziehung zu einem Jungen hatte aufbauen können. Manchmal war das ganz schön frustrierend und sie bewunderte ihre beste Freundin Selina, die so klein und zierlich war und immer eine Reihe offensichtlicher Verehrer hatte, die ihr die Tür aufhielten oder ihre Tasche trugen.

Mit ihren großen, unschuldigen, braunen Augen wickelte sie die Jungs reihenweise um den Finger. Aber für Stella war sie die beste Freundin der Welt, schon seit dem Kindergarten, die sie so nahm und mochte, wie sie war.

Stella sah auf die Uhr, es war halb zwei. In einer halben Stunde konnte sie den Laden endlich schließen. Seufzend setzte sie sich auf den Hocker hinter dem Tresen und blätterte in einer Zeitschrift.

Die Türglocke riss sie aus ihren Gedanken. Als sie aufsah, lächelte ihr Selina ins Gesicht.

„Hey, was guckst du denn so geknickt?", fragte Selina fröhlich.

„Ich gucke gar nicht geknickt, ich war nur in Gedanken. Bist du gekommen, um mir noch ein bisschen die Zeit zu vertreiben?", antwortete Stella und lächelte ihre Freundin an.

„Ich bin gekommen, um dich zu fragen, ob du heute Abend mit mir zur Sommerabschiedsparty am Strand kommst. Ich habe gerade gesehen, dass sie Zelte aufgebaut haben wegen des Wetters. Das wird bestimmt ziemlich cool!", erzählte Selina engagiert.

Stella überlegte kurz. Strand war immer ein guter Platz für sie. Der Regen machte ihr nichts aus und es waren immer noch über 20 Grad draußen. Ihre Eltern würden nichts dagegen haben. Die waren meist selbst so sehr beschäftigt, dass ihnen gar nicht auffiel, wenn Stella nicht da war. Als sie dann in die leuchtenden Augen ihrer Freundin blickte, konnte sie nicht Nein sagen.

„Okay, lass uns hingehen. Kommst du zu mir und wir laufen zusammen hin?"

Stella strahlte: „Na klar, ich hole dich um acht ab!"

Dann hüpfte ihre Freundin gut gelaunt von dannen und Stella musste grinsen.

Der Regen hatte aufgehört und ein paar Sonnenstrahlen bahnten sich ihren Weg durch die Wolken. Langsam wagten sich auch wieder ein paar Fußgänger vor die Tür. Hunde wurden ausgeführt und Kinderwagen geschoben.

Stella versuchte, die Zeit damit zu vertreiben, ein paar Regale aufzuräumen und abzustauben.

Sie war gerade mittendrin, als die kleine Türglocke erneut klingelte und ihr damit sagte, dass jemand den Laden betreten hatte.

Stella stand mit dem Rücken zur Tür. Als sie sich umdrehte, erschrak sie fast beim Anblick des außergewöhnlich attraktiven jungen Mannes, der im Laden stand. Dunkle Augen funkelten sie neugierig an. Ein markantes Gesicht, dass fast aussah wie gemalt, und dichtes schwarzes Haar, das bis zu den Ohren reichte.

Stella starrte den Fremden an und dieser starrte forsch zurück. Irgendetwas Bedrohliches und dennoch Faszinierendes ging von ihm aus.

Sie hatte keine Ahnung, wie lange sie dem Mann nun gegenüberstand und sie sich wortlos ansahen, bis die Ladenklingel noch einmal ertönte. Hinter dem Fremden kam Angelo, der Sohn des Eisladenbesitzers gegenüber, in den Laden geschlurft.

Stella zuckte zusammen, als die Klingel sie aus ihrer Trance riss. Der Fremde zuckte ebenfalls, löste seinen Blick aber nicht von ihr.

„Hey Stella, stör' ich?", fragte Angelo und blickte den Fremden argwöhnisch von der Seite an.

Ohne ihre Antwort abzuwarten, sprach er weiter.

„Ich wollte dich nur kurz fragen, ob du zufälligerweise ein Verlängerungskabel hast. Das von meinem Vater ist irgendwie verschwunden."

Der Fremde blickte kurz zu Angelo, dann drehte er sich um und verließ den Laden wieder.

Stella starrte ihm hinterher.

„Hallo, Erde an Stella, was war das denn für ein komischer Kauz?"

Stella besann sich und blickte Angelo an.

„Keine Ahnung, ich hab ihn noch nie gesehen und er hat keinen Ton gesagt", antwortete sie, immer noch etwas verklärt.

„Hast du jetzt ein Verlängerungskabel oder nicht?", fragte Angelo ungeduldig.

„Warte, ich schau mal nach. Ich glaube schon", sagte Stella und ging in das kleine Lager hinter der Ladentheke. Sie wühlte in ein paar Kisten und fand tatsächlich ein Verlängerungskabel.

„Hier, geht das?", fragte sie und hielt es Angelo hin.

„Ja, danke, das geht! Ich bring's dir wieder, sobald mein Vater fertig ist", sagte Angelo und wandte sich zur Tür. Dann drehte er sich noch einmal um und fragte: „Gehst du heute auch zu der Party am Strand?"

„Äh, ja, ich werde wohl hingehen", antwortete Stella lässig.

„Cool, dann sehen wir uns ja", grinste Angelo und verließ den Laden.

Stella setzte sich einen Moment auf den Stuhl hinter der Ladentheke. Der Fremde ging ihr nicht aus dem Kopf. Was hatte er gewollt? Irgendetwas an ihm war seltsam, beängstigend und faszinierend zugleich. Sie sah aus dem Fenster, aber sie konnte ihn nirgends mehr entdecken.

Mit einem Blick auf die Uhr stellte sie fest, dass es 14 Uhr war und sie den Laden schließen konnte. Sie nahm ihre Sachen, schloss den Laden ab und lief gedankenverloren die wenigen Schritte bis zu ihrem Elternhaus. Es war natürlich wieder einmal niemand zu Hause, auch ihre beiden Geschwister nicht. Deshalb ging sie in ihr Zimmer, um noch ein wenig zu lesen, bevor sie sich für die Party fertigmachen musste.

ZWEI

Pünktlich um acht Uhr stand Selina auf der Matte, um Stella abzuholen. Mittlerweile waren ihre beiden jüngeren Geschwister auch wieder zu Hause. Nur Stellas Eltern noch nicht. Aber da diese sich nie darum scherten, was Stella trieb, sagte sie ihrem 14-jährigen Bruder Milo Bescheid, wo sie war und dass sie pünktlich um Mitternacht zu Hause sein werde.

Stella und Selina liefen eingehakt den Weg zum Strand und plauderten vergnügt. Schon von Weitem konnte man die Musik hören und je näher sie dem Strand kamen, um so lauter wurde es. Es war schon viel los und Stella erkannte einige ihrer Mitschüler und Freunde in der Menge.

Es hatte aufgehört zu regnen und war mild, sodass auch viele Grüppchen außerhalb der Zelte am Strand saßen. Im Zelt spielte eine Band.

Selina lief schnurstracks auf eine Gruppe Mädels zu, die an einer der Bars außerhalb des Zeltes standen. Es waren alles Mädels aus ihrem Jahrgang und man begrüßte sich fröhlich.

„Hey Selina, Stella! Cool, dass ihr auch hier seid", sagte Mara, ein Mädel aus ihrer Klasse, vergnügt. Stella bestellte zwei Cocktails und blieb noch eine Weile stehen. Es entwickelte sich ein nettes Gespräch.

Selina hatte recht schnell ihren Schwarm Tim, aus der Parallelklasse in der Menge entdeckt und flirtete von Weitem mit ihm. Das war typisch für Selina, sie ließ nie etwas anbrennen. Stella musste schmunzeln. Wie gerne hätte sie auch einen Schwarm gehabt, den sie anflirten konnte, aber irgendwie musste der richtige Flirtpartner für sie erst noch erfunden werden. Sie war noch nie wirklich verliebt gewesen.

Die Gruppe Mädels beschloss, sich ein Plätzchen am Strand zu suchen, um sich zu setzen und Selina bewegte sich nur widerwillig von ihrem Flirtposten weg. Stella war es recht, dass sie sich näher ans Wasser setzten, der Geruch stieg ihr in die Nase und sie fühlte sich sogleich geborgen.

Die Stimmung war ausgelassen und es gesellten sich schnell noch ein paar Jungs dazu, die Sekt mitbrachten und die Flasche kreisen ließen. Stella machte sich nicht viel aus Alkohol, aber ein bisschen trank sie doch mit. Sie fühlte, wie ihre Wangen langsam zu glühen anfingen und ihr der Sekt zu Kopf stieg. Es war ein eigenartiges, ulkiges Gefühl. Selina schien es genauso zu gehen, denn sie lehnte sich an Stellas Schulter und kicherte albern.

Sehr zu Selinas Freude gesellte sich nach einer Weile auch Tim in den Kreis und setzte sich neben sie. Für Stella ein Signal, um sich einen Moment abzuseilen und ans Wasser zu gehen. Sie stand am Rande des Ufers und schlüpfte aus ihren Ballerinas, um mit den Füßen ins Wasser zu gehen.

Die See war angenehm und schlagartig machte sich ein gutes, wohliges und sehnsüchtiges Gefühl in ihr breit. Aus dem Zelt drang „The Rose" von Bette Midler an ihr Ohr. Ein wunderschönes Lied, das sicher viele Schmusepärchen auf die Tanzfläche lockte.

Plötzlich fröstelte es Stella, obwohl es überhaupt nicht kalt war. Vor ihr im Wasser regte sich etwas, und als sie genauer hinsah, erkannte sie eine Silhouette, die ihr seltsam bekannt vorkam.

„Schönes Lied, nicht?", ertönte plötzlich eine Stimme neben ihr und Stella zuckte zusammen.

Sie drehte den Kopf und sah in große, wasserblaue Augen, die fast schon zu leuchten schienen. Sie gehörten in ein hübsches, männliches Gesicht, mit feinen, fast femininen Zügen, das von wilden Locken umrandet wurde. Unweigerlich fing ihr Herz an zu klopfen. Sie kannte den jungen Mann nicht, aber er sah toll aus und seine Ausstrahlung wärmte sie auf merkwürdige Art und Weise. Ihr Blick ging zurück aufs Wasser, aber die Silhouette war verschwunden.

DREI

„Entschuldige, habe ich dich erschreckt?", fragte der Fremde.

„Nein, ähm ja, doch, ein bisschen", stotterte Stella verlegen und kam sich sofort ziemlich blöd vor. Der Fremde lächelte sie freundlich an und ließ weiße Zähne aufblitzen. Augenblicklich fühlte Stella sich besser. Sie konnte sich nicht erklären warum, aber er hatte irgendetwas Vertrautes.

„Tut mir leid, das wollte ich nicht. Ich bin Laurion", erwiderte der Fremde.

„Stella", gab Stella zurück und wunderte sich etwas über den außergewöhnlichen Namen des jungen Mannes vor ihr. Sie war sich sicher, dass sie ihn noch nie an ihrer Schule gesehen hatte.

„Du bist nicht von hier, oder?", fragte sie vorsichtig.

„Sagen wir, ich kenne die See wie niemand anderes hier am Strand", antwortete Laurion geheimnisvoll.

Irgendwie seltsam, dieser Laurion, dachte Stella. Seltsam und dennoch anziehend. Gleich zwei sonderbare, attraktive Männer, die ihr heute über den Weg liefen. Irgendwie wurde sie das Gefühl nicht los, das die beiden etwas gemeinsam hatten.

Laurion stand immer noch neben ihr, schwieg und sah übers Wasser. Sie musterte ihn von der Seite. Er war wirklich groß, größer als sie, was bei Männern nicht allzu oft der Fall war. Er trug ein weißes Hemd, dessen Ärmel er hochgekrempelt hatte. Starke Unterarme traten daraus hervor. Ihr Blick ging verstohlen nach unten. Er trug Jeans und war barfuß. Langsam wurde ihr bewusst, wie sie ihn anstarrte und es war ihr unangenehm. Was sollte er von ihren Blicken halten? Er stand weiter einfach da und rührte sich nicht.

Weil ihr nichts Besseres einfiel, sie aber irgendwie die Gegenwart von Laurion genoss und nicht weggehen wollte, ging sie langsam in die Knie und setzte sich in den Sand.

Endlich löste Laurion seinen Blick vom Wasser und sah zu ihr herunter. Ihre Blicke trafen sich und Stella versank in seinen Augen.

„Hey Stella, da bist du ja", hörte sie plötzlich Selinas Stimme hinter sich. Sie drehte sich um und sah ihre Freundin auf sich zukommen.

„Bis bald, Stella", sagte Laurion neben ihr, und als sie sich zu ihm umsah, war er auch schon verschwunden. Verwirrt sah Stella sich um, aber sie konnte ihn nirgends mehr entdecken.

„Hey, wo ist denn der Typ hin, der eben noch neben dir stand?", fragte Selina, als sie bei ihr ankam.

„Keine Ahnung, auf einmal weg", antwortete Stella nachdenklich. Selina ließ sich neben sie in den Sand sinken. Stella sah sie an, Selinas Blick wirkte etwas verklärt.

„Und wo ist Tim?", fragte sie ihre Freundin. Selina grinste.

„Der musste leider schon gehen, weil er morgen den Frühdienst an der Tankstelle seiner Eltern übernehmen muss."

„Und? Rück' schon raus mit der Sprache, wie war es?", wollte Stella wissen und ließ dabei ihrem Blick über den Strand schweifen.

„Es war schön, Stella, Tim küsst toll! Ich soll ihn morgen an der Tankstelle besuchen", erwiderte Selina lächelnd.

„Das freut mich für dich", sagte Stella ehrlich und knuffte ihre Freundin in die Seite.

„Hey, aber jetzt noch mal, wer war denn der Typ, der eben noch bei dir stand und jetzt plötzlich verschwunden ist? Er kam mir nicht bekannt vor", wollte Selina wissen.

„Ich weiß es nicht genau, wir haben nicht viel geredet. Er war irgendwie geheimnisvoll, ich weiß nur, dass er Laurion heißt", antwortete Stella.

„Laurion? Was ist das denn für ein Name?", wunderte sich Selina.

„Keine Ahnung. Komm, lass uns zurück zu den Anderen gehen", sagte Stella, denn sie wollte nicht weiter über Laurion reden. Die Begegnung mit ihm hatte ein seltsames Gefühl zurückgelassen, dass sie erst einmal mit sich selbst ausmachen wollte. Also standen sie auf und gingen auf die Party zurück. Nicht, ohne dass Stella sich noch ein paar Mal verstohlen umschaute, aber Laurion war verschwunden.

VIER

Tage vergingen, in denen Stella immer wieder an den geheimnisvollen Laurion denken musste. Selina war total verliebt in ihren Tim und verbrachte viel Zeit mit ihm, was Stella gut verstehen konnte. Allerdings führte das auch dazu, dass sie nun weniger Zeit mit Stella verbrachte und diese somit viel Zeit für sich und ihre Gedanken hatte.

Immer wieder trieb es sie an den Strand zu der Stelle, an der ihr Laurion begegnet war, aber weder er noch der andere Fremde begegneten ihr dort.

Stella konnte nicht verhindern, immer wieder an Laurion zu denken und dabei so etwas wie ein Gefühl des „Vermissens" zu empfinden. Es verwirrte sie, denn sie hatte ihn ja nur einmal gesehen und doch hatte er so ein seltsames Gefühl hinterlassen, als habe sie jemanden verloren der ihr nahe gestanden hatte.

An einem stürmisch-regnerischen Tag, als sie allein zu Hause war, nahm sie sich, nur um sich irgendwie zu beschäftigen vor, die Wohnzimmerkommode ihrer Eltern aufzuräumen. Ihr war schon des Öfteren aufgefallen, dass sich darin Papierberge und Hefter unordentlich übereinanderstapelten.

Ihre Eltern waren selten zu Hause, hatten mit Laden und Pension viel zu tun, sodass Stella und ihre Geschwister Milo und Jara meist auf sich allein gestellt waren. Es waren freundliche Eltern, aber waren sie liebevoll? Sie war nie geschlagen oder angeschrien worden, ihr Umgang war immer respektvoll und sie respektierte ihre Eltern sehr. Aber dennoch waren sie ihr manchmal fremd. Sie sah keinem von beiden ähnlich. Auch sonst war niemand unter ihren Verwandten, der ihr ähnlich war. Bei ihren Geschwistern war das anders, da konnte sie Ähnlichkeiten erkennen.

Dennoch, sie war ihren Eltern dankbar, für alles was sie ihr ermöglichten und sie half ihnen gern.

Sie kniete sich vor den Schrank und zog den ersten Stapel Hefter heraus. Es waren verschiedene Unterlagen darin, die den Souvenir-Laden betrafen. Da sie ihren Eltern nicht hinterher spionieren wollte, achtete sie nicht darauf, was dort geschrieben stand, sondern heftete die Seiten nur ordentlich, nach Datum, ab.

Nach einer Weile, als sie schon einige Ordner sortiert hatte, fand sie ganz hinten im Schrank eine Mappe, auf der ihr Name stand. Vorsichtig nahm sie die Mappe heraus und sah den Umschlag an. Mit der ordentlichen Handschrift ihrer Mutter stand dort „Stella". Ein komisches Gefühl beschlich sie und sie schlug die Mappe auf. Was sie darin fand, ließ sie schlucken, schockierte sie aber nicht.

Sie blickte auf Adoptionsunterlagen. IHRE Adoptionsunterlagen. Eine ganze Weile blickte sie auf die Papiere in ihren Händen. Es war seltsam, aber fast war es, als habe sie so etwas immer schon geahnt. Es erklärte einiges. War da fast so etwas wie Erleichterung, was sie empfand? Plötzlich eine Erklärung für die verwirrenden Gefühle, die sie ihr ganzes Leben schon begleiteten, zu haben?

Sie las sich die Unterlagen sorgfältig durch, in der Hoffnung irgendeinen Hinweis auf ihre leiblichen Eltern zu finden. Leider erfolglos. Ein seltsames Gefühl beschlich sie, eine Gewissheit, der sie noch keinen Namen geben konnte. Ein Sturm wirbelte in ihrem Inneren, ließ sie erschaudern und überzog ihren Körper mit Gänsehaut.

Sie schloss die Mappe in ihren Händen, und legte sie in den Schrank zurück. Sie sollte wohl eigentlich traurig oder geschockt sein, aber sie verspürte nichts dergleichen. Sie verspürte Aufregung und den unbändigen Drang, an den Strand zu gehen. Sie werde ihre Eltern heute Abend zur Rede stellen. Vielleicht konnten sie ihr etwas über ihre Herkunft verraten.

Stella stand auf und lief in den Flur. Es regnete immer noch, aber das war ihr fast recht. Sie nahm ihre Windjacke vom Haken und verließ das Haus.

Draußen nahm sie ihr Fahrrad und fuhr durch den strömenden Regen. Die Wassertropfen peitschten in ihr Gesicht, aber das störte sie nicht. Im Gegenteil, es hatte etwas Belebendes.

Am Strand angekommen, fand sie ihn menschenleer, was bei dem Wetter nicht verwunderlich war. Erleichtert stieg sie vom Fahrrad und lief einige Schritte durch den nassen Sand. Der Himmel war grau und es war kühl, aber sie spürte die Kälte kaum. Tief atmete sie die Meeresluft ein. Ihre Haare klebten ihr im Gesicht und es wehte stark, aber Stella ließ sich trotzdem in den Sand sinken und schloss die Augen. Für eine kleine Ewigkeit gab sie sich einfach nur den Geräuschen und Gerüchen des Meeres hin. In ihrem Inneren machte sich ein Gefühl von Heimweh bemerkbar, was sie sich nicht wirklich erklären konnte.

Sie musste schon eine ganze Weile im nassen Sand gesessen haben, als eine bekannte Stimme sie plötzlich aus ihren Gedanken riss.

FÜNF

„Es ist mir unbegreiflich, wie man hier an Land leben kann", erklang es hinter ihr und sie wusste sofort, dass diese Stimme Laurion gehörte.

Sie drehte sich nicht sofort um, sie wollte nicht, dass er merkte, wie aufgeregt sie war, seine Stimme zu hören.

Stella atmete tief ein, um ihren Herzschlag wieder zu normalisieren. Als sie sich wieder im Griff hatte, drehte sie sich langsam um. Was sie sah, ließ ihren Atem erneut stocken. Laurion stand da, die Hände in den Hosentaschen, in Jeans und weißem Hemd, das nass an seinem Körper klebte, und sah schwindelerregend gut aus. Er blickte verschmitzt auf sie herab. Stella sah zu ihm auf, unfähig irgendetwas zu antworten.

Laurion ging einen Schritt auf sie zu, seinen Blick in die Ferne gerichtet.

„Du kennst dieses Gefühl, nicht wahr? Diese Sehnsucht nach dem Wasser? Du hast dich nie wirklich zu Hause gefühlt in dieser Welt", sagte er ruhig.

Stella runzelte die Stirn. Wovon redete er da? Er kannte sie doch gar nicht, oder?

„Woher weißt du das?", entwich es ihren Lippen.

„Ich weiß, wer du bist, Stella, besser als du es selbst weißt", antwortete er ernst. Stella sah ihn an. Wer war er? Woher kannte er sie? Laurion wandte seinen Kopf und sah ihr direkt in die Augen. Sofort war Stella in seinem Bann. Er hatte die geheimnisvollsten grünen Augen, die sie jemals gesehen hatte.

„Stella, ich bin hier, um dich zu beschützen", sagte er sanft.

„Mich beschützen? Wieso das denn? Wovor sollte man mich denn beschützen müssen?", fragte Stella verwundert.

„Das wirst du bald erfahren. Nimm dich vor Romen in Acht!"

Stella wandte ihren Blick zum Meer. „Romen? Wer ist Romen?", fragte sie, doch als sie sich wieder Laurion zuwandt, war er nicht mehr da. Erschrocken drehte sie sich um, aber der Strand war menschenleer. Wo konnte er nur so schnell hingegangen sein? Sie verstand überhaupt nichts mehr. Einen Moment blieb sie ungläubig stehen und suchte den Strand ab. Dann sah sie auf die Uhr. Sie hatte tatsächlich schon eineinhalb Stunden hier am Strand im Regen gesessen.

Sie war völlig durchgeweicht und ihre Eltern mussten mittlerweile auch nach Hause gekommen sein.

Ein letztes Mal streifte ihr Blick den Strand, dann lief sie los Richtung Fahrrad.

Sie war gerade an ihrem Fahrrad angekommen, als sie im Augenwinkel etwas bemerkte, was sie erschreckte. Sie drehte sich blitzschnell um und zuckte zusammen. Da stand er, der Fremde, der sie Tage zuvor im Laden besucht hatte und der nichts gesagt hatte. Seine außergewöhnliche Attraktivität und seine besondere, fast düstere Ausstrahlung beeindruckten sie abermals.

Wieder sah er sie an, mit seinem durchdringenden Blick. Stella schämte sich fast, sie sah bestimmt ziemlich zerstört aus. Ihre nassen Haare klebten ihr im Gesicht. Einen Moment lang sahen sie sich in die Augen und Stella empfand etwas unheimlich Seltsames. Es war, als wolle sie wegrennen und ihm gleichzeitig in die Arme springen. Als ob sie lachen und gleichzeitig einen Heulkrampf haben müsste. Es kostete sie Überwindung, sich aus dem Bann seiner Augen zu lösen.

„Wer bist du?", hörte sie sich sagen und erschrak fast, als sie ihre eigene Stimme hörte.

Der Fremde machte einen Schritt auf sie zu, ohne den Blick abzuwenden. Er kam immer näher, bis er plötzlich direkt vor ihr stehen blieb. Stella konnte sich nicht bewegen, als ob ihre Füße am Boden festgewachsen wären. Plötzlich fing der Fremde an zu sprechen mit einer schier unglaublich betörenden Stimme.

„Du bist noch schöner, als ich dachte", sagte er ruhig. Stella runzelte die Stirn. Hatte sie ihn gerade richtig verstanden? Fast musste sie grinsen, aber das hätte ihm verraten, dass sie geschmeichelt war. Sie kannte diesen seltsamen Typen ja gar nicht.

Der Fremde legte den Kopf schief und zeigte ihr ein schiefes Lächeln. So ein Lächeln, mit dem er vermutlich reihenweise Frauen ins Bett kriegte. So ganz konnte Stella die Wirkung des Lächelns auch nicht ignorieren. Sie sammelte sich, um so cool wie möglich zu wirken. „Kannst du mir verraten, wovon du sprichst?", fragte sie selbstbewusst.

„Ich spreche davon, dass du sehr schön bist. Schöner, als ich erwartet hätte. Man erzählt sich sehr viel über dich. Es ist interessant, dich nun endlich kennenzulernen", erwiderte der Fremde.

„Wer bist du?", fragte Stella abermals.

„Mein Name ist Romen", antwortete er. Jetzt wurde es richtig seltsam. Hatte Laurion nicht gesagt, sie solle sich vor Romen in Acht nehmen? Stella wich einen Schritt zurück. Sie musterte Romen. Was wollte er von ihr? Wer war er?

„Wo kommst du her, was willst du?", fragte sie misstrauisch.

„Dir das zu erklären, wäre für heute zu viel des Guten. Das erfährst du alles noch. Lass dir nur eines gesagt sein, dein Leben wird sich an deinem 17-ten Geburtstag sehr verändern."

Stella sah Romen ungläubig an. Irgendwas war hier gerade ganz merkwürdig. Romen grinste schief und drehte den Kopf in Richtung Wasser. Dann sagte er:

„Geh nach Hause, Stella, wo deine Adoptiveltern wohnen". Dann sah er sie noch einmal an, drehte sich um und ging. Sie sah ihm zu, wie er immer kleiner wurde. Dann nahm sie ihr Fahrrad und fuhr los. Ihre Eltern waren ihr eine Erklärung schuldig.

SECHS

Stella kam atemlos zu Hause an. Ihre Eltern waren da. Sie saßen in der Küche und erschraken fast ein wenig, als sie Stella sahen.

„Himmel, Kind, du bist ja völlig durchgeweicht, wo bist du denn gewesen?", fragte ihre Mutter, mehr verwundert als besorgt.

„Ihr müsst mir etwas erklären", platzte es aus Stella heraus. „Ich habe heute euren Schrank aufgeräumt und da ist mir etwas in die Hände gefallen", sprach sie weiter. Ihre Eltern sahen sich an. Sie hatten verstanden.

Einen kurzen Moment herrschte Stille. Dann schob ihre Mutter einen Stuhl zurück und wies Stella an, sich zu setzen. Stella setzte sich und sah ihre Eltern fragend an. Was nun folgte, war ein langes, ruhiges Gespräch, in dem ihre Eltern ihr erzählten, wie sie in die Familie gekommen war.

Stella war ein Findelkind. Ihr Adoptiv-Vater hatte sie eines morgens beim Joggen am Strand gefunden, nackt und nur in Algen eingewickelt.

Mit Lehm hatte man ihr den Namen „Stella" auf den nackten Bauch geschrieben, das war alles. Man hatte damals einen Aufruf gestartet, um ihre Eltern zu finden, aber niemand hatte sich gemeldet. Sie war allen ein Rätsel. Da sie damals schon mit viel wacheren Augen in die Welt gesehen hatte als ein Neugeborenes in ihrem Alter das können sollte, hatte es viele gegeben, denen sie unheimlich war.

Letztendlich hatten ihre jetzigen Adoptiveltern Mitleid mit ihr und sie adoptiert. Nach und nach hatte man sich an das außergewöhnliche Baby gewöhnt und sie wurde akzeptiert. Ihre Adoptiveltern hatten aber immer gespürt, dass sie anders war. Dennoch liebten sie sie, versicherten sie ihr, nur irgendwie anders als ihre leiblichen Kinder. Das war es, was Stella all die Jahre auch gespürt hatte, aber nicht hatte deuten können. Und doch war sie nicht geschockt über das Geständnis ihrer Eltern. Fast empfand sie so etwas wie eine innere Ruhe, eine Erleichterung, endlich Klarheit zu haben. Eine leise Vorahnung machte sich in ihr breit.

Nach dem Gespräch ging sie in ihr Zimmer und entledigte sich ihrer durchnässten Klamotten. Sie war müde und ihr Kopf schwirrte, deshalb legte sie sich nackt auf ihr Bett. Sie winkelte ihre Beine an und erschrak! Was war denn das? Auf ihren Oberschenkeln glitzerte es grünlich. Sie versuchte das Glitzernde wegzuwischen, aber es ging nicht. Ihre Beine fingen an zu kribbeln. Stella atmete tief ein, jetzt bloß einen kühlen Kopf behalten. Was war das nur für ein seltsamer Tag? Sie streckte die Beine aus, in der Hoffnung, dass das Kribbeln sich legte. Eine heftige Müdigkeit überkam sie und ihr fielen die Augen zu …

… Im Traum sah sie Laurion. Er sah irgendwie anders aus und doch war er es. Er lächelte sie warm an und winkte sie zu sich. Gerade, als sie einen Schritt auf ihn zu machen wollte, wurde sie festgehalten.

Als sie sich umdrehte, blickte sie in die geheimnisvollen Augen von Romen. Er schüttelte den Kopf und sah sie streng an. Auch er sah irgendwie anders aus. Gerade als sie den Mund öffnen und etwas sagen wollte, verzerrte sich Romens Gesicht zu einer schmerzvollen Grimasse. Er wurde durch irgendetwas von ihr weggezogen, was ihm offensichtlich Schmerzen bereitete. Ein dicker Leuchtstrahl fuhr in seinen Bauch. Stella drehte sich um und erschrak abermals ...

... und erwachte in ihrem Bett. Keuchend setzte sie sich hin. Irgendetwas am Ende dieses seltsamen Traumes hatte sie wahnsinnig erschreckt. Sie hatte etwas gesehen, womit sie nicht gerechnet hatte, aber sie konnte sich beim besten Willen nicht erinnern, was es gewesen war. Sie sah auf die Uhr, es war zwei Uhr nachts.

Seufzend legte sie sich wieder hin. Ihr Kopf rotierte und sie wusste überhaupt nicht mehr, was sie denken sollte. Sie versuchte, wieder einzuschlafen, aber es gelang ihr nicht. Die restliche Nacht wälzte sie sich von einer Seite auf die andere. Als um 6 Uhr ihr Wecker klingelte, stieg sie völlig gerädert aus dem Bett.

SIEBEN

Schlecht gelaunt und übermüdet kam Stella in der Schule an. Vor dem Klassenraum standen Selina und Tim und noch ein paar andere Mädels und warteten auf sie.

„Hey Schnecke, du siehst aber verknautscht aus heute Morgen, alles okay?", begrüßte Selina sie.

„Moin …, frag nicht", grummelte Stella, was für ihre Freundin der Hinweis war, lass mich am besten in Ruhe.

Sie schob sich an ihren Mitschülern vorbei in den schon offenen Klassenraum und glitt auf ihren Stuhl. Einen kurzen Moment später rutschte Selina neben sie.

„Hey, alles klar bei dir? Du siehst wirklich ziemlich fertig aus", sagte sie und sah Stella besorgt an.

„Können wir nachher in der Pause mal reden? Ich muss dir was erzählen", antwortete Stella.

„Ja klar, auf jeden Fall. Tim kommt auch mal eine Pause ohne mich aus", erwiderte Selina und legte einen Arm um ihre Freundin. Stella lächelte schwach.

Die Doppelstunde Geschichte zog sich endlos und Stella musste sich zwingen, die Augen offen zu halten, so müde war sie. Als es endlich klingelte, war sie erleichtert.

Selina ging kurz zu Tim, um ihm zu sagen, dass sie die Pause nicht mit ihm verbringen könne, dann kam sie zurück, nahm ihre Freundin bei der Hand und zog sie mit sich in eine ruhige Ecke.

„Also los sag schon, was bedrückt dich?", eröffnete Selina das Gespräch.

„Ich weiß seit gestern, dass ich adoptiert bin", platzte es aus Stella heraus. Selina bekam große Augen.

„Was? Echt jetzt? Krass … wie hast du das denn herausgefunden?", sagte Selina fast sprachlos und nahm ihre Freundin in den Arm.

„Ich hab meine Adoptionsunterlagen gefunden. Gestern Abend habe ich dann mit meinen Eltern gesprochen und sie haben mir alles erzählt. Außerdem habe ich gestern Laurion wieder gesehen und auch diesen Fremden Typen, der letztens bei mir im Laden war. Er heißt Romen. Irgendwie ist das alles total verwirrend", redete Stella drauflos.

„Moment, jetzt mal ganz langsam und eins nach dem anderen", bremste Selina sie. Stella holte tief Luft und fing an, Schritt für Schritt von ihrem gestrigen Tag zu erzählen. Als es zum Pausenende klingelte, war sie gerade bei ihrem seltsamen Traum angekommen. Selina hatte die ganze Zeit ruhig zugehört.

„Das ist alles ganz schön krass, Süße", sagte Selina verwundert. Stella sah ihre Freundin an.

Beim Aufstehen sagte sie zu ihr: „Weißt du, dass ich adoptiert bin, ist nicht schlimm. Irgendwie hab ich immer gewusst, dass irgendwas nicht stimmt und jetzt weiß ich wenigstens, was es war. Aber Laurion und Romen, aus der Sache werde ich nicht schlau. Fast werde ich das Gefühl nicht los, sie hätten irgendetwas mit meinen richtigen Eltern zu tun."

Gemeinsam gingen die Mädchen zum Klassenraum zurück.

„Willst du deine richtigen Eltern suchen?", fragte Selina, als sie den Raum betraten. Die Lehrerin, Frau Steiger, war schon da.

„Das scheint mir ziemlich aussichtslos zu sein, da ich ein Findelkind bin. Aber klar, versuchen würde ich es gerne. Ich wüsste gerne, wo ich herkomme", sagte Stella ruhig. Die Mädels setzten sich auf ihre Plätze. Es stand Deutsch auf dem Stundenplan und Stella versuchte, sich auf den Unterricht zu konzentrieren. Doch immer wieder schweiften ihre Gedanken zu Laurion und Romen und ihrem seltsamen Traum.

Der Tag schleppte sich dahin und Stella war froh, als der Unterricht endlich zu Ende war. Sie wollte jetzt aber nicht nach Hause gehen. Sie hatte Sehnsucht nach dem Strand. Sie musste nachdenken und nirgends konnte sie das besser, als dort. Außerdem wollte sie allein sein. Sie griff sich ihr Fahrrad und fuhr los.

Es war ein angenehmer, sonniger Tag, das Thermometer zeigte 22 Grad, was dafür sorgte, dass der Strand gut besucht war. Einige Mutige gingen sogar ins Wasser. Stella setzte sich abseits und beobachtete das Treiben. Dass sie als Baby am Strand gefunden worden war, konnte kein Zufall sein. Irgendetwas verband sie mit dem Wasser.

Stellas Blick streifte durch die Gegend, in der Hoffnung, Laurion oder Romen zu sehen. Sie hatte so viele Fragen und wurde das Gefühl nicht los, dass die beiden ihr Antworten geben könnten.

Eine Weile saß sie nur da, bis sie die entsetzliche Müdigkeit übermannte und sie sich zurück, mit dem Kopf auf ihren Rucksack, lehnte. Sie merkte nicht, wie ihr die Augen zufielen und sie einschlief.

Sie saß auf einem Felsen im Wasser und fühlte sich seltsam frei. Der Wind blies durch ihre Haare. Sie spürte ihn auf ihrer Haut. Sie sah an sich hinunter, sie war nackt, aber das erschreckte sie nicht. Ihre Haut glitzerte türkis.

„Du träumst", sagte plötzlich eine Stimme aus dem Nichts. „Hör mir gut zu, und präge dir ein, was ich dir sage Stella", sprach die Stimme weiter.

„Du musst deiner inneren Stimme folgen, sie wird dir den Weg weisen, den du gehen musst. Du hast eine besondere Bestimmung. Sei auf der Hut und bedenke sorgfältig, wem du dein Vertrauen schenkst. Man wird versuchen, dich zu beeinflussen", redete die Stimme immer weiter. Sie war sich sicher, die Stimme noch nie gehört zu haben, aber dennoch kam sie ihr vertraut vor.

Stella sah sich um, aber da war niemand. Ein seltsamer Nebel hüllte sie plötzlich ein. Als sie nichts mehr erkennen konnte und plötzlich ein wenig panisch wurde ...

… riss sie die Augen auf und war wieder am Strand.

Sie blickte in den Himmel und spürte, dass sie nicht allein war. Als sie den Kopf zur Seite drehte, sah sie Laurion neben sich im Sand sitzen.

Ruckartig richtete sie sich auf. Laurion sah sie an und lächelte. Der Strand war leer geworden, wie lange hatte sie wohl geschlafen?

„Wie lange sitzt du schon hier", fragte sie Laurion.

„Lange genug", sagte er, verschmitzt grinsend.

„Aha, lange genug für was?", fragte Stella, fast ein wenig unfreundlich.

„Um zu sehen, dass du geträumt hast. Ich nehme an, dass du so langsam eine Ahnung hast", sagte Laurion ruhig.

„Ich habe keine Ahnung, aber ich spüre, dass irgendetwas anders ist. Dein Rätselraten macht es mir nicht gerade leichter, dahinterzukommen", redete Stella weiter. Sie war selbst etwas verwundert über ihren zickigen Unterton. Was war denn los mit ihr? Aber Laurion schien das nicht zu beeindrucken. Er legte seine Hand auf ihr Knie, was sie dann doch tatsächlich wieder etwas nervös machte.

„Ich möchte, dass du selbst dahinterkommst, was du bist. Komm mit, ich zeige dir etwas", sagte Laurion, nahm ihre Hand, stand auf und zog sie mit sich.

Stella ließ es geschehen. Er führte sie ans Wasser und blieb stehen.

„Zieh deine Schuhe aus", sagte er und streifte sich selbst seine Sneakers von den Füßen. Ihre Hand ließ er dabei die ganze Zeit nicht los, was Stella innerlich schmunzeln ließ. Sie streifte sich ebenfalls ihre Schuhe ab und wühlte ihre Füße in den noch warmen Sand.

Laurion ging ein paar Schritte ins Wasser hinein und sie konnte plötzlich sehen, wie seine Füße bis zu den Waden anfingen zu schimmern. Sie schimmerten genauso, wie ihre Haut am Abend zuvor geschimmert hatte.

„Was ist das?", fragte sie ein wenig erschrocken und sah Laurion mit aufgerissenen Augen an. Aber Laurion blieb ruhig. „Komm her, komm zu mir ins Wasser", sagte er und zog sanft an ihrem Arm.

Stella machte einen Schritt ins Wasser und sah auf ihre Füße. Erst konnte sie nichts erkennen, aber dann sah sie plötzlich das Schimmern. Es schimmerte nicht so stark wie bei Laurion, aber sie konnte es dennoch sehen. Verwundert sah sie zu ihm. Er lächelte sie an und sagte: „Es wird noch stärker werden, bis zu deinem Geburtstag. Die

Verwandlung beginnt schon jetzt. An deinem Geburtstag wird sie sich vollenden."

Stella atmete tief ein, um ruhig zu bleiben und nicht auszuflippen. Herrje, was für ein Film lief denn hier gerade ab?

„Schon klar, an meinem Geburtstag ... Laurion, kannst du bitte aufhören in Rätseln zu sprechen und mir sagen, was hier los ist? Ich verstehe nur Bahnhof. Ich meine, dass irgendwas anders ist, habe ich schon verstanden. Aber hier geschehen Dinge, die mir total irreal vorkommen!", redete sie aufgeregt drauflos, löste sich von Laurion und ging wieder aus dem Wasser.

Sie drehte ihm den Rücken zu und wartete darauf, dass er ihr antwortete. Aber es kam nichts. Als sie sich wieder umdrehte, war Laurion verschwunden.

Missmutig ließ sie sich in den Sand sinken. Verdammt, wie machte er das nur immer? Sie war wütend auf ihn, weil er sie so sehr am ausgestreckten Arm verhungern ließ.

Leicht gefrustet und mit nicht weniger Fragen auf dem Buckel, beschloss Stella dann, nach Hause zu gehen.

ACHT

Die Tage vergingen, ohne dass Stella noch einmal Laurion oder Romen über den Weg lief, und plötzlich stand das Wochenende vor der Tür und somit auch Stellas Dienst im Souvenirladen.

An diesem Samstag war das Wetter sehr schön und der Spätsommer zeigte sich von seiner allerbesten Seite. Einige Wochenendtouristen tummelten sich auf der Insel und der Souvenirladen war gar nicht mal so schlecht besucht . Der Betrieb lenkte Stella von ihren wirren Gedanken und der schlechten Laune ab.

Sie hatte in den letzten Tagen nur das Nötigste mit ihren Eltern gesprochen und sie auch kaum gesehen. Ihre Geschwister wussten mittlerweile auch, dass Stella adoptiert war, und hatten bestürzt reagiert. Erst als Stella ihnen versichert hatte, dass es ihr gut ging und sie damit umgehen konnte, hatten sie sich wieder entspannt.

Angelo leistete ihr ein wenig Gesellschaft und seine unkomplizierte, lustige Art zauberte immer mal wieder ein Lachen auf Stellas Gesicht.

Kurz vor Feierabend war Stella dann tatsächlich gedanklich mal nicht bei ihrem „Problem" und alberte mit Angelo, als die altbekannte Türglocke erklang.

Lachend sah Stella zur Tür und verstummte augenblicklich, als sie Romen sah. Auch Angelo erstarrte und es wurde still im Laden.

Stella fand schließlich als Erste wieder zu ihrer Stimme zurück.

„Angelo, würdest du uns bitte kurz allein lassen?", sagte sie bestimmt, ohne den Blick von Romen zu nehmen. Sie hatte eine Menge Fragen an ihn.

Angelo stand auf und sah Stella von der Seite fragend an.

„Bist du sicher?", fragte er vorsichtig.

„Jaja, keine Sorge", antwortete Stella kurz.

Angelo stand auf und verließ den Laden.

„Du musst mir ein paar Fragen beantworten. Und wenn du genauso in Rätseln sprichst, wie Laurion, dann kannst du direkt wieder gehen", kam es aus ihrem Mund und sie erschrak über sich selbst. Seit wann machte sie solche Ansagen?

Romen stand mit verschränkten Armen vor ihr und musterte sie mit einem schiefen Lächeln. Seine sonst so bedrohliche Ausstrahlung war kaum noch vorhanden, oder nahm Stella sie einfach nicht mehr wahr? Jedenfalls hatte sie keine Angst vor ihm, obwohl sie das, nach Laurions Aussage, haben sollte.

„Du kannst genauso biestig sein, wie deine Mutter", antwortete er.

Stella wurde hellhörig. „Meine Mutter? Du kennst meine Mutter?", fragte sie aufgeregt.

„Jeder kennt deine Mutter, dort wo wir herkommen", antwortete Romen.

„Deine Mutter war die Tochter eines Königs in unserer Welt", redete er weiter.

Stella sah ihn mit großen Augen an.

„Wo kommen wir denn her?", fragte sie vorsichtig.

„Wir kommen aus dem Meer, Stella. Wir sind Meermenschen", antwortete Romen ruhig.

„Meermenschen", wiederholte Stella ungläubig.

„Ja, zumindest Laurion und ich sind richtige Meermenschen. Du bist ein Halbblut", erwiderte Romen.

„Ein Halbblut? Was soll das heißen?", wollte Stella wissen.

„Das soll heißen, dass deine Mutter ein Meermensch war und dein Vater ein Mensch", erklärte Romen.

„Warum war?", flüsterte Stella.

„Weil deine Eltern nicht mehr leben", sagte Romen leise und in dem Moment klingelte das Telefon.

Stella erschrak vor dem plötzlichen Klingeln und drehte sich abrupt um. Das Telefon stand hinter der Ladentheke. Sie stand davor, also fasste sie hinter die Theke und griff das Telefon.

„Sylt Souvenirladen, Stella am Apparat", stammelte sie in den Hörer, als sie die Türglocke hörte. Sie fuhr herum, doch Romen war nicht mehr da.

„Am anderen Ende des Hörers redete jemand, aber Stella hörte überhaupt nicht zu. Bis endlich doch Selinas Stimme zu ihr durchdrang.

„Stella? Hallo? Alles klar bei dir? Sag doch mal was, man", Selina klang besorgt.

„Sorry Selina", stammelte Stella.

„Was ist denn los?", wollte Selina wissen.

„Können wir uns treffen? Ich muss dir etwas Merkwürdiges erzählen", sagte Stella.

„Ähm, ja, klar. Soll ich dich am Laden abholen? Du hast doch jetzt Feierabend", antwortete Selina.

„Ja, komm bitte her. Ich mach noch den Kassenabschluss und dann kann ich hier weg", antwortete Stella.

"Okay, ich bin gleich da", sagte Selina und ihre Stimme klang besorgt. Dann klickte es in der Leitung, Selina hatte aufgelegt. Langsam ließ Stella den Hörer sinken. Sie starrte zur Tür, durch die Romen soeben verschwunden war. Wieder hatte man sie mit einem Berg unbeantworteter Fragen zurückgelassen.

Was Romen ihr erzählt hatte, klang alles total irre. Ihre Mutter sollte ein Meermensch gewesen sein? Und ihre Eltern lebten beide nicht mehr? Bei dem Gedanken wurde ihr Herz schwer, auch wenn sie die beiden ja nicht gekannt hatte. Aber wie gerne hätte sie ihre leiblichen Eltern einmal kennengelernt!

Angelo kam wieder zur Tür herein.

„Hey, wer ist denn dieser komische Typ, kennst du den etwa?", fragte er verwundert.

„Kennen wäre zu viel gesagt", antwortete Stella abwesend. „Hör zu Angelo, ich muss jetzt den Kassenabschluss machen und dann kommt gleich Selina und holt mich ab", sagte sie, um weiteren Fragen aus dem Weg zu gehen. Sie wollte jetzt nicht mit Angelo über Romen sprechen.

Angelo verstand den Wink mit dem Zaunpfahl.

„Okay, ich muss auch rüber und meinem Vater noch etwas helfen. Wir sehen uns", erwiderte er und sah Stella etwas betreten an. Stella lächelte.

„Klar Kumpel, wir sind ja nicht blind", sagte sie freundlich um die Situation aufzulockern. Angelo grinste und verließ den Laden.

Schnell erledigte Stella den Kassenabschluss, schloss die Ladentür ab und ging zur Hintertür hinaus. Im selben Moment, als sie aus der Tür kam, kam auch Selina auf dem Fahrrad angefahren.

„Hey Süße, du siehst gar nicht gut aus", begrüßte Selina sie besorgt.

„Lass uns zum Strand fahren", sagte Stella nur und nahm ihr Fahrrad. Sie schwang sich auf den Sattel und düste los. Selina hatte Mühe, hinterher zukommen, aber Stella brauchte den Fahrtwind jetzt, um wieder einen kühlen Kopf zu bekommen.

Minuten später kamen sie am Strand an. Selina war völlig außer Puste, aber Stella nicht, ihr ging es jetzt wieder besser. Sie stellte ihr Fahrrad ab und lief in Richtung Wasser. Selina hetzte hinterher.

„Hey, kannst du mal einen Gang runter schalten und mir verraten, was passiert ist?", fragte Selina atemlos.

Stella ließ sich in den Sand sinken und Selina plumpste neben sie.

„Romen war bei mir im Laden. Er sagt, ich wäre ein Halbblut. Meine Mutter ist ein Meermensch und mein Vater ein Mensch", ratterte Stella drauflos.

„Was? Was ist denn das für ein Blödsinn?", erwiderte Selina verwirrt. Stella sah ihre Freundin an.

„Das ist kein Blödsinn Selina, ich glaube, das stimmt", sagte sie ernst.

„Meine Eltern sollen beide nicht mehr leben", fuhr sie fort.

„Aha, und das glaubst du wirklich?", fragte Selina.

„Irgendetwas an mir ist anders, Selina, war schon immer anders und du weißt das. Vielleicht ist genau das der Grund!", erklärte Stella energisch.

„Ja, aber Süße, Meermenschen gibt es nur im Märchen", versuchte Selina, sie zu überzeugen.

Wortlos stand Stella auf und schlüpfte aus ihren Schuhen, um mit den Füßen ins Wasser zu gehen.

„Und wie bitte erklärst du dir das?", fragte sie Selina, die mit weit aufgerissenen Augen das Glitzern an Stellas Waden ansah.

Eine Weile verharrten sie wortlos. Dann fand Selina doch ihre Stimme wieder.

„Ich fasse es nicht. Das kann es einfach nicht geben", sagte sie langsam.

Stella ging wieder aus dem Wasser und setzte sich neben ihre Freundin.

„Ich kann verstehen, dass das für dich total irreal ist. Aber irgendwie hat es für mich jetzt einen Sinn", sagte sie zu ihrer Freundin. Selina sah sie an.

„Und was wollen jetzt diese beiden Typen von dir?", fragte sie.

„Genau weiß ich das nicht. Es muss irgendwas mit meinem Geburtstag in zwei Monaten zu tun haben. Ich komme nie dazu, meine Fragen zu Ende zu stellen", entgegnete Stella frustriert.

„Ich hab auch keine Ahnung, wem von beiden ich jetzt trauen kann und wem nicht. Laurion hat mich vor Romen gewarnt, der mir zugegebenermaßen am Anfang bedrohlich vorkam. Aber die letzten Begegnungen waren ganz anders", redete sie weiter.

„Du fandest Laurion doch ziemlich toll, als du ihn das erste Mal gesehen hast", bemerkte Selina.

„Ja, er ist auch toll. Aber irgendwie habe ich im Moment keinen Kopf für verliebte Gefühle. Ich bin total durcheinander", seufzte Stella missmutig.

Dazu kommt noch dieser komische Traum, den ich hatte. Eine unbekannte und doch vertraute Stimme hat mir gesagt, ich soll auf meine innere Stimme hören, und dass man versuchen werde, mich zu beeinflussen."

Selina legte wortlos den Arm um Stellas Schultern.

„Und, sagt deine innere Stimme schon irgendetwas?", fragte sie.

„Nein", antwortete Stella mutlos.

So saßen sie eine Weile. Stella wusste, dass Selina mit dieser Situation auch überfordert war und dass sie ihrer Freundin gerade viel zumutete, umso höher rechnete sie ihr an, dass sie da war.

Nach ein paar Minuten sah Selina ihre Freundin an.

„Stella, auch wenn mir das hier alles gerade total verrückt vorkommt und mein komplettes Weltbild ins Wanken gerät, ich bin für dich da. Egal was du jetzt vorhast, ich werde dir helfen", sagte sie sanft.

Stella blickte zurück und lächelte.

„Danke Selina, ich bin froh, dass ich dich habe", sagte sie und drückte ihre Freundin.

„Aber wehe, du verlässt mich, um einen Meermann zu heiraten und in Zukunft unterhalb des Meeresspiegels zu leben", brachte Selina mit einem Lachen hervor, wohl wissend, dass das gar nicht so abwegig war, wie es sich anhörte. Auch Stella kicherte, aber es war ein wenig überzeugtes Kichern.

„Es wird Zeit für mich nach Hause zu gehen", sagte Selina abermals.

„Ich muss auch los, es ist spät geworden", antwortete Stella. Die Mädels standen auf und schlenderten zu ihren Fahrrädern.

„Süße, versuch, ein bisschen ʾnen klaren Kopf zu bekommen. Wir sehen uns morgen in der Schule", sagte Selina und schwang sich auf ihr Fahrrad. Stella sah ihr noch nach. Sie war so froh, Selina zur Freundin zu haben und ihr war bewusst, mit welchem Ballast sie ihre Freundin nun beladen hatte.

Nachdenklich fuhr Stella nach Hause. Sie ging in ihr Zimmer und legte eine CD von Adele in ihren CD-Player. Müde legte sie sich auf ihr Bett. Ihre Gedanken schweiften wieder zu Laurion und Romen.

Laurion, der ihr vom ersten Moment an Schmetterlinge in den Bauch gezaubert hatte und Romen, der sie erst erschreckt hatte, dessen Anziehungskraft sie nun aber nicht mehr verleugnen konnte. Beide sollten Meermänner sein. Sie selbst sollte ein Halbblut sein. Irgendwie kam ihr das alles vor, wie in einem Fantasy-Film. Was würde mit ihr geschehen an ihrem Geburtstag? Ihr Geburtstag war im Herbst, am 28. Oktober, also in knapp zwei Monaten.

Doch plötzlich kam ihr etwas in den Sinn. Bisher hatten sie ihren Geburtstag wohl immer an dem Tag gefeiert, an dem ihr Stiefvater sie gefunden hatte. Zumindest hatte sie das so den Adoptionsunterlagen entnehmen können. Sie war ja aber schon früher geboren worden! Das hieß, sie kannte ihren richtigen Geburtstag gar nicht! Es würde also irgendetwas mit ihr passieren und sie wusste noch nicht einmal genau an welchem Tag.

Na das waren ja prächtige Aussichten. Es half alles nichts, sie musste mehr Informationen bekommen. Gleich morgen wllte sie sich auf die Suche nach Laurion oder Romen machen und Antworten fordern. Diesmal werde sie

sie nicht gehen lassen, bevor sie nicht alles wusste, über sich, ihre Vorfahren und das, was mit ihr geschehen wird.

Mit diesem festen Entschluss im Herzen ging sie ins Bett und schlief schnell ein.

NEUN

Am nächsten Morgen wurde Stella früh wach. Sie zog sich schnell an und ging in die Küche, es war noch ruhig im Haus. Sie machte sich ein kleines Frühstück zum Mitnehmen, packte ihre Umhängetasche, schrieb ihren Eltern einen Zettel und verließ das Haus.

Die kühle Morgenluft blies ihr ins Gesicht und weckte ihre Lebensgeister. Sie wollte zum Strand und nach Romen und Laurion suchen. Mit dem Fahrrad fuhr sie in den Sonnenaufgang und den neu erwachenden Tag hinein.

Am Strand angekommen fand sie ihn noch menschenleer. Es war friedlich und sie hörte nur das Wasser und ein paar Möwen.

Stella blieb einen Moment stehen und überlegte, wie sie am besten Kontakt zu Laurion aufnehmen konnte. Bisher war er immer einfach so aufgetaucht.

Sollte sie ihn rufen? Sie sah sich um. Es war niemand am Strand, der sie für verrückt erklären konnte,

wenn sie an diesem menschenleeren Strand plötzlich laut Laurion riefe. In dem Moment, als sie tief einatmete, um seinen Namen zu rufen, ertönte Laurions Stimme hinter ihr.

„Guten Morgen, Stella, die die Meere zum Lächeln bringt", sagte er sanft. Stella erschrak nicht, aber ein warmes Kribbeln machte sich in ihrem Innern breit. Sie drehte sich zu Laurion um und sah direkt in seine wunderschönen Augen.

„Ich muss mit dir reden und du darfst nicht verschwinden, bis du mir alle meine Fragen beantwortet hast", sagte Stella, deutlich freundlicher als bei ihrem letzten Treffen.

„Okay, dann lass uns reden", erwiderte Laurion. Wortlos nahm er Stella an der Hand und führte sie am Strand entlang.

„Wer bist du Laurion?", wollte Stella wissen.

„Warum bist du hier? Was wollt ihr von mir?",

„Ich habe Romen getroffen und er hat mir erzählt, was ich bin", erzählte sie.

„Hatte ich dir nicht gesagt, du sollst dich vor Romen in Acht nehmen?", erwiderte Laurion und zog eine Augenbraue hoch.

„Doch hast du, aber ich bin schon groß und ich habe keine Angst vor Romen", antwortete Stella.

„Erzähl mir lieber, was mit mir los ist", fuhr sie energisch fort.

„Das ist eine lange Geschichte, aber ich will es dir erklären", erklärte Laurion. Sie gingen weiter und Laurion begann zu erzählen.

ZEHN

L aurion erzählte ihr die ganze Geschichte ihrer Eltern und was in der Vergangenheit geschehen war. Er erzählte von der Welt unter Wasser, die sich Lumaaria nennt, und von den zwei Völkern in dieser Welt, den Sarimea und den Laranea.

Laurion gehört zu den Laranea, er war der Sohn des Laraneanerkönigs Balrion. Stellas Mutter hatte auch zu den Laranea gehört, sie war die Schwester von Balrion gewesen und hatte den Namen Eawyn getragen. So gesehen war Laurion also ihr Cousin, aber diesen Verwandtschaftsgrad gab es in Lumaaria nicht.

Eawyn war von Kind an ein rebellisches Meermädchen gewesen, sehr intelligent und sehr begabt. Sie hatte magische Fähigkeiten besessen, was es unter Meermenschen nur sehr selten gab, abgesehen von den Fähigkeiten, die für Meermenschen normal waren. Sie konnten sich für menschliche Augen unsichtbar machen, wenn diese nicht hinsahen (was das immer so plötzliche Verschwinden erklärte), und hatten telepathische Fähigkeiten.

Ihr Vater, der damalige König Anaru, hatte Eawyn immer gehütet wie seinen Augapfel.

Schon immer hatte Eawyn sich für die Welt über dem Wasser interessiert, was ihrem Vater nicht gefallen hatte. Für Anaru war die Menschenwelt und Lumaaria nicht miteinander vereinbar. Die Menschen wussten nichts von Lumaaria, was gut so war und so bleiben sollte. Aber Eawyn hatte sich nichts daraus gemacht und war immer gern an die Oberfläche geschwommen, um die Menschen zu beobachten. Manchmal schwamm sie sogar nahe ans Ufer, um die Menschen genau sehen zu können. Dabei kam ihr die Fähigkeit der Meermenschen zugute, dass sie sich für ihre Augen unsichtbar machen konnte.

Eines Tages, bei einem ihrer unerlaubten Ausflüge an die Meeresoberfläche, erblickte Eawyn einen jungen Mann, der am späten Abend noch schwimmen wollte. Sie beobachtete ihn und sah, wie er beim Schwimmen einen Krampf im Bein bekam und beinahe ertrank.

Eawyn schwamm zu ihm hin und brachte ihn zurück ans Ufer. Von dem Moment an, als sie dann in die Augen des jungen Mannes sah, und er in ihre, war etwas geschehen, dass es bis dahin noch nicht gegeben hatte und auch nicht geben durfte.

Eawyn und der junge Mann, Martin, verliebten sich.

Martin war nur kurz beruflich auf Sylt und sie hatten nur eine kurze, gemeinsame Zeit. Kurz vor seiner Abreise erfuhr Anaru von der Liebesgeschichte und tat etwas, das ihm seine Tochter nie verzeihen sollte.

Mit seinen telepathischen Fähigkeiten lockte er Martin ins Wasser und sorgte dafür, dass er ertrank.

Als Eawyn erfuhr, was ihr Vater getan hatte, wendete sie sich von ihm ab und zog in das Reich der Sarimea.

Bis zu diesem Zeitpunkt hatten die Laranea und die Sarimea friedlich nebeneinander her existiert. Ab dem Zeitpunkt, an dem Eawyn fortging, änderte sich das jedoch. Eawyn schloss Freundschaft mit Sarimon, dem Sohn des Sarimea-Königs Helestas.

Anaru versuchte seine Tochter wieder zurückzuholen, gegen ihren Willen, aber Sarimon beschützte sie.

So entbrannte ein bitterer Streit zwischen den beiden Völkern.

In der Zwischenzeit bemerkte Eawyn, dass sie schwanger war. Sie versuchte es so lange wie möglich vor ihrem Umfeld zu verstecken und weihte nur Sarimon ein. Als sie es nicht mehr länger verstecken konnte und auch Helestas nun anfing, sie zu bedrohen, floh sie und brachte Stella, ihren kleinen Stern, allein zur Welt. Um sie zu beschützen und aus Angst, Anaru oder Helestas könnten ihr etwas antun, brachte sie sie kurz nach der Geburt an Land, in der Hoffnung, dass man sie dort finden und groß ziehen werde. Sie sah aus wie ein Menschenkind und konnte nicht lange unter Wasser bleiben, deshalb hätte sie vermutlich ohnehin nicht lange überlebt.

Anschließend kehrte sie zurück nach Sarimea.

Der Kummer über den Verlust des Liebsten und der kleinen Tochter hatte Eawyn schließlich sehr krank gemacht und sie starb kurze Zeit später. Zuvor hatte sie ihre Geschichte noch aufgeschrieben. Nach ihrem Tod hatte Sarimon die Notizen gefunden.

Niemand wusste, was mit einem Halbblutkind geschehen werde, was aus ihm werde. Es gab Legenden von besonderen Kräften und großer Macht, die von solchen Halbblütern ausging. In den Legenden wurden diese Halbblüter „das Lächeln der Meere" genannt, fähig den ewigen Frieden des Wassers zu bewahren. Von der Verwandlung zum Meermenschen an ihrem 17. Geburtstag sprach man.

Der betrübte Sarimon, der Eawyn insgeheim geliebt hatte, hatte irgendwann nicht mehr hinter dem Berg halten können und mit seinen Freunden über Eawyn und ihre

Notizen gesprochen. Das hatte zur Folge, dass ihre Geschichte immer weiter erzählt wurde und schließlich auch bei Anaru landete.

Heute war Sarimon der König von Sarimea und wollte Stella finden. Er war ein verbitterter König und wollte sich Stellas vermeintliche Kräfte, die sich entwickeln sollten, zunutze machen. Er hatte seinen besten Krieger, Romen, ausgesandt, um Stella zu finden und zurückzubringen. Mit der Hilfe von einer „Magierin der Meere" hatte er es möglich gemacht, dass Romen sich für eine begrenzte Zeit auf Menschenbeinen bewegen konnte.

Auch Anaru wollte Stella in seine Familie zurückholen. Er war nun sehr alt und krank und hatte sein Amt an seinen Sohn Balrion abgegeben. Er bereute nun, was er seiner Tochter damals angetan hatte, wollte es wieder gut machen und Stella zu sich holen. Er wollte ihr helfen, mit dieser neuen Situation umzugehen, wenn sie sich verwandelt hatte. Er hatte Laurion geschickt, der ebenfalls durch die Hilfe selbiger Magierin für kurze Zeit Beine hatte. Und nun war es seine Aufgabe, sie bis zu ihrer Verwandlung zu begleiten und vor Romens Einfluss zu schützen.

ELF

Stella hörte sich die ganze Geschichte an, ohne einen Mucks zu sagen. Viel zu unglaublich war das alles, was sie da zu hören bekam. Als Laurion fertig war, sah er sie an. Ein schwerer Ballast lag auf Stellas Herz, der von dem Kummer her rührte, den Sie aufgrund des Todes ihrer Eltern empfand. Sie hätte sie so gerne noch kennengelernt. Laurion schien das zu spüren und legte einen Arm um ihre Schultern. Dieser Trost tat Stella gut. Doch sie war immer noch verunsichert. Eine Frage, die schon die ganze Zeit in ihrem Inneren brannte, musste sie Laurion noch stellen:

„Laurion, wann ist mein Geburtstag? Ich weiß nur, wann mein Adoptivvater mich gefunden hat, bisher war dieser Tag immer mein Geburtstag. Aber meinen wahren Geburtstag kenne ich nicht", fragte sie leise.

„Dein wahrer Geburtstag ist der 14. Oktober, zwei Wochen danach hat deine Mutter dich an den Strand gelegt und du wurdest gefunden."

„Das heißt, ich habe jetzt noch etwa sechs Wochen, bis ich mich verändern werde, wovon niemand genau weiß, wie diese Veränderung aussieht?", fragte Stella gefrustet.

„Ja, so ist das leider. Deshalb will Anaru dich bei uns haben, wenn es soweit ist. Er wird dafür extra an die Oberfläche kommen und dich bei deiner Verwandlung begleiten", sagte Laurion sanft.

Stella musste feststellen, dass sie sich wohlfühlte in seiner Gegenwart. Er hatte den Arm um ihre Schultern gelegt und das gefiel ihr sehr. Sie sah ihn an und ihre Gesichter waren ganz nah beieinander. Sie fühlte die Schmetterlinge in ihrem Bauch und wünschte sich plötzlich, Laurion würde sie küssen. Ganz langsam bewegten sich ihre Gesichter aufeinander zu. Sie konnte seinen Atem auf ihren Lippen spüren und sein Blick grub sich in ihre Augen. Er war ihr ganz nah und sie schloss sehnsüchtig die Augen. In dem Moment, als sie dachte, jetzt wäre es soweit, ertönte plötzlich eine Stimme hinter ihr und ließ sie zusammenfahren. Es war Romen.

„Tu das nicht Stella, lass dich nicht verführen von diesem verlogenen Pack. Glaub ihm kein Wort, Anaru ist schuld daran, dass du deine wahren Eltern nie kennenlernen durftest", sagte er mit eindringlicher Stimme. Stellas Herz klopfte bis zum Hals. Sie war erschrocken, wütend und unsicher.

Romen sah ihr eindringlich in die Augen, er schien tief in ihr Innerstes sehen zu können. Die gerade noch so innige, romantische Stimmung war verflogen. Sie ging automatisch einen Schritt zurück und sah Laurion an. Seine Augen spiegelten seine Hilflosigkeit in diesem Moment wider. Dann wand er sich an Romen und seine Augen verdunkelten sich.

„Romen, lass uns in Ruhe. Lass Stella in Ruhe. Du hast nicht das Recht, Anaru zu verwehren seinen Fehler wieder gut zu machen", fauchte er Romen an und seine Stimme klang gefährlich. Unwillkürlich ging Stella noch einen Schritt zurück. Eben war sie sich noch so sicher gewesen, dass Laurion die Wahrheit sprach, aber nun sah sie das Dunkle in seinen sonst so sanften Augen und es machte ihr Angst. Hatte ihr Gefühl sie getäuscht?

„Nein, ich werde euch nicht in Ruhe lassen. Ich werde nicht zulassen, dass du Stella mit zu Anaru nimmst", stieß

Romen zwischen zusammengebissenen Zähnen hervor. Auch seine Augen funkelten bedrohlich.

„Hört auf", rief Stella plötzlich. Es reichte ihr, sie war wütend und wollte weg von den beiden. Sie wollte ganz schnell weg und deshalb rannte sie einfach los.

Sie wusste gar nicht, wo sie hinrennen sollte, denn nach Hause wollte sie nicht, aber sie musste weg von den beiden Streithähnen, von denen sie nicht wusste, wem sie trauen konnte. Sie war so verwirrt und durcheinander, dass ihr die Tränen die Wangen hinunter liefen. Auf einmal fühlte sie sich einsam. Sie rannte und rannte den Strand entlang, bis sie nicht mehr konnte und in den Sand fiel. Er war noch warm und sie grub ihr Gesicht einfach hinein und weinte.

Stella weinte, weil sie Angst hatte, alleine war, nicht wusste, was sie tun sollte und was mit ihr geschehen würde. Wie gerne hätte sie jemanden an ihrer Seite gehabt, der ihr beistand. Wie schön wäre es, wenn Laurion dieser Jemand sein könnte. Aber konnte sie ihm wirklich trauen? Wie sollte sie dahinter kommen, ob sie das kann? Vorhin, als er ihr ihre Geschichte erzählt hatte, da hatte es sich richtig angefühlt, bei ihm zu sein. Aber als sie dann das Dunkle in seinen Augen gesehen hatte, als er Romen angesehen hatte, das hatte ihr Angst gemacht. Vielleicht hatte Romen recht, schließlich war Anaru schuld daran, dass alles so gekommen war.

Stella lag im Sand und weinte, bis keine Tränen mehr kommen wollten. Als sie den Kopf hob, war ihr Gesicht mit Tränen und Sand verklebt. Sie wischte sich das Gesicht ab und machte sich auf den Weg zurück. Das Weinen hatte gut getan, sie fühlte sich ruhiger. Irgendwie würde schon alles gut werden. Sie hatte sich eigentlich immer auf ihre Gefühle verlassen können, also wollte sie das auch diesmal tun. Auch wenn es vielleicht noch ein wenig dauerte, bis sie sich ihrer Gefühle sicher war.

ZWÖLF

Es vergingen ein paar Tage, in denen Stella versuchte, sich zu sammeln und einen klaren Kopf zu bekommen. Niemand, weder Laurion noch Romen, ließ sich blicken. Auch wenn Stella viel an Laurion denken musste, sie war froh, dass sie ihre Gedanken etwas sortieren konnte. Mit Selina redete sie ebenfalls nicht viel in diesen Tagen. Sie verbrachte ihre Freizeit damit, zu recherchieren, was aber wenig bis gar keine Erkenntnisse brachte. Meermenschen galten eben wirklich als Fantasiewesen. Stella spürte aber, wie sie sich immer mehr mit dem Gedanken anfreundete. Sie verbrachte viel Zeit am Strand, und immer, wenn sie unbeobachtet war, betrachtete sie ihre Waden, die jedes Mal etwas intensiver glitzerten.

Zu Hause hatte sie sich auch von ihren Familienmitgliedern etwas zurückgezogen. Ihre Eltern waren sowieso nie viel zu Hause und ihre Geschwister versuchten zwar, Kontakt mit ihr zu haben, aber im Moment konnte Stella das nicht richtig zulassen. Sie war zu sehr mit sich selbst beschäftigt.

Nach geraumer Zeit, als all diese Infos sich gesetzt hatten, verspürte Stella eine gewisse innere Ruhe und den Mut, es anzugehen.

An einem Samstag, eine Woche nachdem sie Laurion und Romen das letzte Mal gesehen hatte, ging sie nach der Arbeit mit der festen Absicht an den Strand, Laurion zu finden. Er fehlte ihr und sie wollte ihm vertrauen. Ihre innere Stimme sagte ihr einfach, dass sie das konnte. Und die Stimme im Traum hatte gesagt, sie solle auf ihre innere Stimme hören. Aber sie wollte irgendwann auch mit Romen sprechen. Sie wollte keinen Krieg führen und sie glaubte nicht, dass Romens Absichten wirklich böse waren, denn auch das verriet ihr die innere Stimme. Vielleicht war es an ihr, diese beiden verfeindeten Völker wieder zusammenzubringen. Sollte sie nach ihrer Verwandlung wirklich so viel Macht haben, wollte sie sich das zur Aufgabe machen. Schließlich nannte man sie doch „das Lächeln der Meere", weil sie dem Meer sein Lächeln, seinen Frieden, zurückgeben konnte.

Barfuß, ihre Sneakers in der Hand, schlenderte sie durch den Sand. Es war windig aber mild in dieser ersten Oktoberwoche. Sie dachte intensiv an Laurion. Sie wollte ihn unbedingt sehen. Bei dem Gedanken an ihn kribbelte es in ihrem Magen. Nahe am Wasser blieb sie stehen, atmete die Meeresluft tief ein und schloss die Augen. Ein Lächeln umspielte ihre Lippen, als sie spürte, wie jemand hinter sie trat. Sie wusste, dass es Laurion war.

Als er seine Hände sanft auf ihre Schultern legte, kribbelte ihre Haut unter seinen Fingern und wohlige Schauer durchflossen sie. Sie drehte sich langsam um und sah in seine leuchtend grünen Augen. Er grinste verschmitzt und sie konnte nicht anders und fiel in seine Arme. Laurion hielt sie ganz fest und sie vergrub ihr Gesicht in seinen Haaren. Er roch gut und irgendwie vertraut, tröstlich. Eine ganze Weile standen sie so, bis Laurion sich aus der Umarmung löste und sie ansah.

„Dass wir beide Gefühle füreinander entwickeln, das ist nicht so vorgesehen Stella. Ich bin deiner nicht würdig, wenn du erst einmal verwandelt bist", sagte er ernst und legte eine Hand an ihre Wange.

„Meine Bestimmung ist nur, dich zu beschützen und auf deinem Weg zu begleiten. Anaru wird nicht wollen, dass du dich jemandem wie mir hingibst."

„Ich lasse niemanden bestimmen, wen ich zu lieben habe und wen nicht", antwortete Stella entschlossen.

„Ich bin ich, ich treffe meine Entscheidungen selbst und lasse mir nicht vorschreiben, was ich zu tun habe. Jetzt nicht und nach der Verwandlung auch nicht, egal was mit mir passiert", fügte sie trotzig hinzu.

„Ganz die Tochter ihrer Mutter", sagte Laurion lächelnd.

„Also vertraust du mir?", fragte er und legte den Kopf schief.

„Ich vertraue dir. Aber ich sehe Romen nicht als Bedrohung", erwiderte sie.

„Stella, du kennst ihn und sein Volk nicht. Du darfst ihnen nicht vertrauen", antwortete Laurion besorgt.

„Der Grund für ihren Groll ist meine Geschichte. Vielleicht kann ich den Frieden wieder herstellen. Dem Meer sein Lächeln zurückgeben", sagte sie leise und ihre Augen glitzerten vor aufrichtiger Begeisterung.

Laurion antwortete nicht, er nahm ihr Gesicht in beide Hände und legte seine Lippen sanft auf ihre. Stella erwiderte die Berührung und sie versanken in einen innigen Kuss.

DREIZEHN

Stella fühlte am ganzen Körper Gänsehaut. Sie hatte nicht viel Erfahrung im Küssen, aber mit Laurion ging es wie von selbst. Noch nie hatte sie so sanfte Lippen auf ihren gespürt, die so elektrisierend waren und so abenteuerlich schmeckten. Als Laurion sich von ihr löste, war ihr schwindelig und ein riesiger Schwarm Schmetterlinge tobte durch ihren Magen. Sie konnte nicht anders als verklärt zu grinsen.

Laurion sah ihr direkt in die Augen. „Wow", flüsterte er und strich ihr eine Haarsträhne aus dem Gesicht. „Ich habe so etwas noch nie gespürt, unter Wasser ist Küssen ganz anders", sagte er. „Was meinst du mit ganz anders, besser?", fragte Stella unsicher. „Anders einfach. Lippen fühlen sich anders an im Wasser. Berührungen auf der Haut sind anders. Hier an Land ist das alles irgendwie intensiver ... Es fühlt sich toll an mit dir", sagte er sanft.

Stella stellte sich vor, wie er unter Wasser, als Meermann, eine Meerfrau küsste und unweigerlich machte sich so etwas wie Eifersucht in ihr breit. „Gibt es eine Frau an deiner Seite, in Lumaaria?", fragte sie mit schnippischem Unterton. Laurion legte den Kopf schief und sah sie an. „Bist du etwa eifersüchtig?", fragte er und konnte sich ein Grinsen nicht verkneifen. Stella wurde rot und drehte sich weg. Laurion hielt sie fest, legte die Hand an ihr Kinn und drehte ihr Gesicht wieder in seine Richtung.

„Nein Stella, es gibt keine Frau in meinem Leben als Meermann. Aber es gab schon Frauen, die ich geküsst habe", sagte er sanft. Plötzlich kam Stella sich total albern vor. „Entschuldige", sagte sie und lächelte verlegen. Laurion nahm ihre Hand.

„Was machen wir jetzt?", fragte er aufmunternd.

„Ich möchte noch mehr erfahren über Lumaaria. Wie lebt man dort, was isst man, was gibt es für Bräuche, einfach alles, damit ich weiß, was mich erwartet", sagte Stella.

„Dann lass uns irgendwo hingehen, wo wir ungestört sind. Ich weiß, wir fühlen uns hier direkt am Wasser am wohlsten, aber ich möchte in meiner kurzen Zeit als Mensch auch noch einmal etwas anderes sehen, als den Strand", sagte Laurion lächelnd.

„Wo lebst du im Moment überhaupt?", fragte Stella interessiert. Irgendwo musste er ja wohnen und seine Sachen aufbewahren.

„Ich lebe in einem alten Wohnwagen auf einem Campingplatz hier in der Nähe", sagte er ruhig und fügte hinzu: „Ich habe ihn gemietet, bis zum 14. Oktober.

Der Campingplatz ist dann eigentlich schon geschlossen, aber mein Charme hat sie wohl überzeugt, mich so lange dort wohnen zu lassen. Ich muss gestehen, ich habe ein wenig meine Meermann-Kräfte wirken lassen", sagte er mit einem schiefen Lächeln.

„Dann lass uns erst einmal dort hingehen, wenn es dir nichts ausmacht", sagte Stella.

„Nein, es macht mir nichts aus", erwiderte Laurion.

Hand in Hand schlenderten sie in Richtung Campingplatz. Es war ein Platz in den Dünen und Stella kannte ihn sogar. Es gab einige wenige Wohnwagen dort, die man mieten konnte. Es war überhaupt kein Betrieb auf dem Campingplatz, was nicht verwunderlich war, da die Saison vorüber war.

Zielsicher führte Laurion sie zu seinem Wohnwagen und schloss ihn auf. Er ließ Stella als Erstes hineingehen.

Im Innern war es gemütlich-rustikal eingerichtet. Der Wohnwagen wirkte allerdings unbewohnt, es lagen überhaupt keine persönlichen Sachen herum.

„Wo sind deine ganzen Sachen?", fragte Stella verwundert. „Welche Sachen Stella? Ich komme aus dem Meer, alles was ich hier habe, sind ein paar Kleidungsstücke, mehr nicht.

Stella sah sich um. Für einen Moment hätte sie beinahe vergessen, dass sie keinen „normalen" Freund hatte. Plötzlich ging ihr etwas durch den Kopf.

„Weißt du, wo Romen wohnt?", fragte sie vorsichtig.

„Nein, weiß ich nicht", antwortete Laurion kurz. Stella setzte sich auf die Sitzecke.

„Ich würde dir gerne etwas anbieten, aber ich habe nichts hier. Ich war nicht darauf eingestellt Besuch zu empfangen. Ich persönlich brauche nichts, für mich ist nur wichtig, dass ich in der Nähe des Wassers bleibe und ab und an hinein gehe", sagte Laurion.

„Du musst nichts essen oder trinken?"

„Nein, die Magierin der Meere hat mich so verzaubert, dass ich nichts brauche außer der Nähe des Meeres, bis der Zauber erlischt. Es sollte nichts geben, was mir meine Arbeit erschweren könnte.

So habe ich im Moment keine Bedürfnisse in diese Richtung", erklärte Laurion ihr. Stella war beeindruckt. Unglaublich, was es alles gab.

„Und du wirst auch nicht dünner, oder verlierst an Kraft?", fragte sie neugierig.

„Nein. Frag mich nicht, wie die Magierin das gemacht hat, aber es funktioniert gut", antwortete er grinsend.

Stellas Magen machte sich allerdings langsam bemerkbar, sie hatte seit Stunden nichts gegessen. Sie versuchte das Magenknurren zu unterdrücken, aber es gelang ihr nicht. „Aber du hast Hunger", bemerkte Laurion besorgt.

„Warte hier, ich schaue, ob ich dir etwas zu Essen besorgen kann", sagte er und wollte schon gehen.

„Nein, Laurion, warte. So schlimm ist das nicht. Ich muss sowieso bald nach Hause und dann esse ich dort etwas. Ich möchte die restliche Zeit nicht verschenken, komm her", sagte Stella schnell. Hunger hin oder her, sie wollte Laurion jetzt bei sich haben. Vielleicht würde er sie ja noch einmal küssen! Laurion runzelte die Stirn, aber als er Stellas flehenden Gesichtsausdruck sah, konnte er nicht widerstehen und ging zu ihr. Er setzte sich neben sie und sah ihr tief in die Augen. Dann nahm er ihr Gesicht in seine Hände und küsste sie sanft auf die Lippen.

Stella genoss die Berührung und spürte, wie sie mehr wollte. Ihre Arme umschlangen seinen Oberkörper und zogen ihn näher an sich heran. Sie küssten sich inniger und Stella öffnete ihre Lippen leicht, um seine Zunge hineinzulassen. Es war ein himmlisches Gefühl, ihm so nahe zu sein. Ohne noch weiter über Lumaaria zu sprechen, küssten sie sich einfach. Sie gaben sich diesem berauschenden Gefühl hin und ließen sich treiben, ohne dabei zu weit zu gehen. Luna genoss es, seine glatte Haut zu berühren. Noch nie war sie einem Mann so nahe gekommen.

Als sie schließlich irgendwann den Wohnwagen wieder verließen, war es schon stockdunkel draußen.

Laurion bestand darauf, sie nach Hause zu begleiten. Sie liefen ein wenig abseits der großen Straßen, um nicht zu sehr beobachtet zu werden. Die ganze Zeit hielt Laurion sanft Stellas Hand, aber sie sprachen nicht viel. Kurz vor Stellas Haustüre verabschiedeten sie sich und Laurion küsste sie noch einmal zärtlich. „Sehen wir uns morgen?", fragte er leise.

„Ja, ich komme am Nachmittag zu dir auf den Campingplatz", antwortete Stella mit einem Lächeln. Dann drehte sie sich um und ging zu Haustür, um sie aufzuschließen.

VIERZEHN

Als Stella nach einer kurzen Standpauke ihrer Adoptiveltern, die sich plötzlich Sorgen um sie machten, weil sie zum Abendessen nicht erschienen war, in ihr Zimmer kam, ließ sie sich auf ihr Bett fallen. Sie fühlte sich wahnsinnig gut und konnte nicht aufhören zu lächeln. Als sich ihr Magen allerdings wieder meldete, ging sie noch einmal hinunter, um sich etwas zu Essen zu machen. Mit einem Sandwich bewaffnet kehrte sie wenig später zurück und beschloss, Selina anzurufen. Es war schon etwas spät, aber sie musste jetzt mit ihr sprechen und erzählen, was passiert war.

„Ja?", hörte sie Selinas verschlafene Stimme am Handy. Ihre Freundin hatte wohl schon geschlafen.

„Hey Selina, bist du schon im Bett?", fragte Stella leicht amüsiert. Ein Blick auf die Uhr zeigte, dass es 22:00 Uhr war.

„Ja, bin gerade eingeschlafen ... alles Okay? Normalerweise rufst du so spät nicht mehr an", aus dem verschlafenen Ton klang etwas Sorge heraus.

„Alles in Ordnung, mehr als das, ich bin im Moment gerade richtig glücklich", erzählte Stella aufgeregt.

„Okay, bin ganz Ohr, schieß los, was ist passiert?", erwiderte Selina, die jetzt deutlich wacher klang.

Stella erzählte ihrer Freundin, wie ihr Nachmittag und Abend verlaufen war. Ihre Freundin hörte ruhig zu und ließ Stella zu Ende erzählen.

„Wow, das klingt sehr aufregend Süße. Ich freue mich für dich, aber ich mache mir auch ein bisschen Sorgen", sagte sie schließlich, als Stella fertig war.

„Ich weiß Selina. Aber die Sorgen verschiebe ich jetzt auf morgen und will für heute einfach noch dieses gute Gefühl genießen, okay?"

„Na klar. Genieße noch ein bisschen und dann schlaf gut, wir sehen uns morgen", antwortete Selina.

„Okay danke fürs Zuhören. Schlaf du auch gut, hab dich lieb", sagte Stella.

„Ich hab dich auch lieb", sagte Selina und legte auf.

Stella lag noch lange wach und dachte an den Tag. Das nervöse Kribbeln in ihr ließ sie einfach nicht müde werden. Sie sah aus dem Fenster und betrachtete die Sterne, bis ihr irgendwann schließlich doch die Augen zufielen.

Am nächsten Morgen erwachte Stella erst spät, es war schon fast Vormittag. Sie hatte geschlafen wie ein Stein, völlig traumlos. Da es Sonntag war, blieben ihre Eltern und ihre Geschwister zu Hause. Sonntag war oft der einzige Tag, an dem alle zu Hause waren und manchmal gab es ein gemeinsames Frühstück oder Mittagessen. Gefrühstückt hatten sie nun aber wohl schon, fürchtete Stella.

Sie stieg aus dem Bett, schlüpfte in ihre Hausschuhe und ging aus dem Zimmer.

Sie hörte die Stimmen ihrer Familie in der Küche. Ihrer Familie? Ja, es war immer noch ihre Familie. Auch wenn sie nicht blutsverwandt mit ihnen war, so war sie doch bei ihnen aufgewachsen. Hier war immer ihr zu Hause gewesen. Sie blieb einen Moment vor der Küchentür stehen. Ein Gedanke kam ihr in den Kopf. Es wäre möglich, dass sie ihre Familie nie wiedersähe. Und was würde aus Selina werden?

Diese Erkenntnis traf sie wie ein Blitz. Sie konnte überhaupt nicht vorhersehen, was genau mit ihr passierte. Vielleicht würde aber auch gar nichts passieren, schließlich war das alles ja nur eine Legende. Das hieße dann aber, sie müsste sich von Laurion trennen. Wie sie es auch drehte, es würde in jedem Falle traurig werden. Sie bekam einen Knoten im Hals, gegen den sie heftig anschluckte. Jetzt nicht drüber nachdenken, dachte sie und betrat die Küche. Es waren alle versammelt, ihre Eltern, Milo und Jara, ihre Geschwister. Das Frühstück war noch in vollem Gange und die Stimmung schien gut zu sein. Milo grinste sie an, als sie sich setzte.

„Na Penntüte, auch endlich aus dem Bett gefallen?", neckte er sie.

Milo mochte sie am liebsten.

Ihre Eltern und Jara schenkten ihr ebenfalls ein Lächeln und ihre Mutter stand auf, um ihr Kaffee einzuschenken.

Es entwickelte sich ein lockeres Gespräch in einer entspannten Atmosphäre. Das erste Mal, seitdem bekannt war, dass Stella adoptiert worden war. Für ihre Familie schien das Thema sich nun beruhigt zu haben und es schien fast, als sei ihren Eltern eine Last von den Schultern genommen worden.

Stella war froh darüber, auch wenn niemand ihrer Familienmitglieder gerade ahnen konnte, womit sie sich auseinandersetzen musste.

Es war noch ein bisschen Zeit, bis sie sich mit Laurion treffen würde, aber sie wollte trotzdem schon an den Strand gehen und sehen, ob sie Romen finden konnte.

Sie wusste, dass Laurion das nicht gefallen würde, aber sie musste einfach mit Romen reden. Sie machte sich etwas zurecht, denn das Wetter war freundlich und sie lief nicht Gefahr, von Sturm und Regen wieder völlig verwüstet zu werden.

Also ließ sie die Haare offen über ihre Schultern fallen, legte ein wenig Make-up auf, schlüpfte in ihre weiße Leinenhose und ein enges, weißes T-Shirt mit einem hübschen Ausschnitt. Auf ihrer noch sonnengebräunten Haut sah das sehr gut aus. Sie nahm sich eine leichte Strickjacke, stieg in ihre Ballerinas, sagte ihren Eltern Bescheid und verließ das Haus.

Als sie am Strand ankam, war dort ziemlich viel los. Das störte sie aber nicht weiter. Sie zog ihre Ballerinas aus und lief durch den Sand. Ein seltsam nervöses Kribbeln erfüllte ihren Körper. Es war ein angenehmes Gefühl, voller Vorfreude und Stella musste lächeln. So stand sie lächelnd einfach da und schaute zum Horizont, als sich plötzlich eine Hand auf ihre Schulter legte. Sie wusste, dass es Romen war.

Langsam drehte sie sich um. Da stand er, sah sie an und wirkte gar nicht mehr bedrohlich.

„Es ist gut, dass du hier bist", sagte sie ruhig.

„Ich habe gespürt, dass du nach mir suchst", antwortete Romen. Er trat neben Stella und blickte ebenfalls zum Horizont. „Ich muss mit dir reden", sagte Stella und sah Romen an. So verliebt sie auch in Laurion war, Romen hatte eine gewisse Anziehungskraft auf sie.

„Laurion wird dich doch sicher gewarnt haben", sagte Romen ruhig.

„Ja, das hat er. Aber ich habe keine Angst vor dir. Ich kenne meine Geschichte und ich weiß, wer dich geschickt hat. Ich möchte nicht in eine Welt einsteigen, in der ich der Hauptgrund eines Krieges bin. Ich möchte selbst entscheiden dürfen und ich möchte Frieden stiften, wenn ich das kann", erklärte Stella.

„Den Hass und die Verbitterung von Sarimon wirst du nicht einfach so auslöschen können. Du kennst ihn nicht. Er hasst Anaru aus tiefster Seele. Ich bin ihm ergeben, er ist mein König. Und auch wenn ich dir niemals wehtun kann, ich werde alles versuchen, um dich nach Sarimea zu bringen.

Anaru ist ein kaltherziger Herrscher. Es geht ihm nicht um dich oder deine Mutter. Er will deine vermeintliche Macht für sich beanspruchen, um Sarimon zu vernichten und alleiniger Herrscher über die Unterwasserwelt zu werden", erklärte Romen bitter.

„Ihr erzählt mir beide dasselbe, Laurion und du. Ich muss selbst herausfinden, was wirklich die Wahrheit ist. Irgendetwas wird mit mir geschehen in fünf Wochen und niemand weiß was", sagte Stella mit einem Flehen in der Stimme. Romen drehte seinen Kopf zu ihr und sah ihr direkt in die Augen.

„Tut mir leid Stella, den Gefallen kann ich dir nicht tun", antwortete er.

Stella ging in die Knie, nahm eine Handvoll Sand und ließ ihn durch ihre Finger gleiten.

Gerade, als sie ihren Kopf hob und etwas sagen wollte, sah sie, dass Romen weg war. Typisch dachte sie sich. Aber sie werde so schnell nicht aufgeben. Immerhin hatte sie noch ein bisschen Zeit. Sie spürte, dass Roman nicht wirklich böse und gefährlich war. Trotz ihrer Verliebtheit in Laurion fühlte sie sich eigenartig zu Romen hingezogen. Sie werde herausfinden, was das alles zu bedeuten hatte.

FÜNFZEHN

Mit klopfendem Herzen ging Stella den Schotterweg entlang, der zu dem kleinen Wohnwagen auf dem Campingplatz führte. Laurion musste sie durch das Fenster gesehen haben. Ihr blieb fast das Herz stehen, als sie sah, dass er nur Jeans trug und einen freien Oberkörper hatte. Das sah einfach umwerfend aus! Laurion stieg die zwei Stufen des Wohnwagens hinab und kam auf sie zu. Je näher er kam, desto besser konnte sie seinen makellosen Oberkörper erkennen. Als er direkt vor ihr stand und sie in die Arme nahm, legte sie ihre Hände auf seine Brust. Sanft legte er seine Lippen auf ihre. Da waren sie wieder, die Schmetterlinge! Zu Laurion zu kommen, fühlte sich fast an, wie nach Hause zu kommen.

„Hey meine Schöne, wie geht es dir heute?", fragte er sanft.

„Gut, jetzt wo ich bei dir bin", sagte Stella und strahlte ihn an.

Laurion grinste sie an und nahm ihre Hand, um sie in den Wohnwagen zu führen. Er schloss die Tür hinter ihr und sie standen sich gegenüber und sahen sich an. Laurion hob eine Hand und strich Stella sanft eine Strähne aus dem Gesicht.

Stella legte wieder ihre Hände auf seine Brust. Seine Haut fühlte sich sehr glatt und fest, aber warm an.

Laurion legte seine Hand unter ihr Kinn und hob es an um sie abermals zu küssen. Stella spürte, wie ihr im ganzen Körper warm wurde. Sie kannte dieses Gefühl noch nicht, aber es fühlte sich toll an. Sie wurde mutig und zog ihn an sich heran um ihre Arme richtig um ihn legen zu können. Seine Arme legten sich um ihren Körper und seine Hände fuhren ihren Rücken hinab. Sanft spielten ihre Zungen miteinander. Erst ganz vorsichtig, dann immer leidenschaftlicher und fordernder. Das warme Kribbeln breitete sich in ihrem ganzen Körper aus und sie hatte das Gefühl, mit Laurion zu verschmelzen ...

Irgendwann löste sich Laurion sanft von ihr und grinste sie an. Sie standen immer noch vor der Tür.

„Was machen wir denn jetzt?", fragte Laurion, verschmitzt lächelnd.

„Einfach immer weiter küssen, nicht aufhören", flüsterte Stella. Laurion lächelte und küsste sanft ihre Nasenspitze. Dann wurde sein Gesicht ein wenig ernster.

„Ich habe Nachricht von meinem Vater Balrion aus Lumaaria.

Deine Geschichte hat sich so weit herumgesprochen, dass ganz Lumaaria in Aufruhr ist. Es soll nun noch andere Meermänner geben, die nach dir suchen. Einige Gruppen haben sich völlig von Sarimon und Balrion losgelöst und wollen dich finden, um mit deiner Hilfe ein eigenes Regiment zu gründen.

Sie sollen auf dem Weg zur Magierin der Meere sein, um sie zu zwingen ihnen ebenfalls Beine zu geben. Wenn sie das schaffen, dann müssen wir hier verdammt vorsichtig sein. Dann bist du hier nicht sicher für die nächsten Wochen." Erschrocken sah Stella Laurion an.

„Was?", fragte sie ungläubig. Das durfte jetzt nicht wahr sein!

„Im Moment besteht noch keine Gefahr. Noch haben sie die Magierin nicht gefunden. Außerdem ist es noch zu früh. Ich vermute, sie werden erst kurz vor deinem Geburtstag hier auftauchen. Vielleicht eine Woche vorher. Dann müssen wir auf der Hut sein und gut auf dich aufpassen", versuchte Laurion sie zu beruhigen.

Stella bekam eine Gänsehaut. Was erwartete sie nur alles? Ganz unerwartet wollte die Panik in ihr aufsteigen, aber Laurion spürte das und nahm sie in seine Arme. Seine Wärme und Geborgenheit durchströmten ihren Körper, und beruhigten sie. Sie fühlte seine warmen Hände auf ihrem Rücken, seinen Atem an ihrem Hals und spürte, wie sich langsam ein Feuer in ihr entfachte. Völlig egal, was in ein paar Wochen sein würde, sie war jetzt hier, mit Laurion, und sie wollte ihm nahe sein.

Sie ließ ihre Hände über seinen nackten Rücken gleiten und konnte jeden einzelnen Muskel unter ihren Fingern spüren. Seine Haut war außergewöhnlich glatt. Sie zog seinen Oberkörper enger an sich heran und auch Laurion erwiderte die Umarmung. Er küsste ihr Haar, ihr Ohrläppchen, ihren Hals ... Stella entwich ein leises Stöhnen. Ganz plötzlich hob er sie hoch, nahm sie auf seine starken Arme und trug sie zum Bett im hinteren Bereich des Wohnwagens. Für eine halbe Ewigkeit tauchten sie dort ein in eine Welt voll Leidenschaft und Zärtlichkeit. Sie harmonierten perfekt, und als Stella am Abend den Wohnwagen wieder verließ, hatte sie glänzende Augen und rote Wangen und bekam das Lächeln nicht mehr aus ihrem Gesicht.

SECHZEHN

Es vergingen ein paar Tage, in denen Stella immer wieder zum Campingplatz schlich, um Laurion zu treffen, ohne dass sonst etwas Aufregendes passierte. Laurion erzählte ihr bei jedem Treffen immer ein bisschen aus der Welt der Meermenschen.

Selina war mit Tim beschäftig, sodass Stella kein schlechtes Gewissen haben musste. In der Schule redeten die Mädchen immer noch über alles. Selina hatte eine der großen Pausen immer für ihre Freundin reserviert.

Stella hielt immer wieder Ausschau nach Romen, aber er war wie vom Erdboden verschluckt. Ab und an erwischte sie sich dabei, dass sie sich Sorgen machte. Sie wollte doch unbedingt noch einmal mit ihm sprechen. Aber etwas in ihr sagte ihr, dass sie sich bald noch einmal sähen.

Und so sollte es eine Woche später, nur noch vier Wochen bis zu ihrer Verwandlung, auch sein.

Völlig unerwartet begegnete sie Romen auf dem Heimweg von der Schule. Er stand mit verschränkten Armen am Straßenrand und sah sie an. Sie hielt ihr Fahrrad genau vor ihm an.

„Wo warst du die ganze Zeit?", platzte es aus ihr heraus.

„Ich hatte Dinge zu erledigen. Du warst ja beschäftigt", antwortete er schnippisch. Seine Augen funkelten gefährlich, aber sie konnte darin trotzdem erkennen, dass er ihr nichts Böses wollte. Fast musste sie ein wenig grinsen, da war wohl jemand eifersüchtig!

„Laurion hat dir sicherlich schon von der Bedrohung erzählt, die auf dich zukommen könnte", sprach er weiter. Stella sah ihn an. „Ja, hat er", antwortete sie.

„Sarimon hat mich beauftragt, dich zu beschützen. In Anbetracht der Tatsache, dass du dich aber eher von Laurion beschützen lassen willst und der weiteren Tatsache, dass es vermutlich ziemlich viele sein werden, die nach dir suchen, bin ich zu dem Entschluss gekommen, dass Laurion und ich uns zusammentun sollten, um dich zu beschützen."

Stella sah ihn überrascht an. Er konnte sein Unbehagen in dieser Situation nur schlecht verbergen. Er sah Stella in die Augen und sprach weiter: "Völlig egal, wie Laurion und ich zueinanderstehen, er hat zumindest keine unehrenhaften Absichten und will dich wirklich beschützen", sagte er und sein Gesichtsausdruck wurde sanfter. Dabei fiel Stella mal wieder auf, wie attraktiv er war. Aber ihre Liebe zu Laurion hatte sich so sehr vertieft, dass er ihr nicht mehr gefährlich werden konnte.

„Würdest du das Laurion bitte ausrichten? Ich muss mich mit ihm treffen. Ich erwarte ihn heute Abend um 20 Uhr am Strand. Er wird wissen, welche Stelle ich meine", sagte er und sah Stella fragend an.

Stella nickte und antwortete:

"Klar, ich richte es ihm aus und ich werde dafür sorgen, dass er kommt", sagte sie entschlossen. Romen nickte ebenfalls. Er wendete sich zum Gehen, als er noch mal innehielt und Stella ansah.

„Auch wenn du nicht auf mich hören wirst, es wäre mir lieber, du wärst nicht dabei", sagte er und ging los.

Stella sah ihm noch eine Weile hinterher. Er hatte recht, sie würde nicht auf ihn hören. Es ging hier schließlich um sie, und sie war kein kleines Kind mehr. Dann stieg sie wieder auf ihr Fahrrad und fuhr nach Hause.

Am Nachmittag traf sie sich mit Laurion am Strand. Das Wetter war angenehm und es waren nur wenig Menschen unterwegs. Laurion lag der Länge nach, mit geschlossenen Augen, im Sand, als sie ankam. Es sah fast so aus, als ob er schlief und nicht zu bemerken schien, dass sie neben ihn trat. Sie beobachtete ihn, wie er so da lag. Seine Gesichtszüge waren völlig entspannt. Er sah wunderschön aus.

Sie sah ihn eine Weile an, bis seine Mundwinkel anfingen zu zucken und er grinste. Er hatte sie bemerkt. Mit noch geschlossenen Augen und einem fetten Grinsen sagte er: „Wie lange willst du mich noch so ansehen?" Stella musste kichern.

„Es sieht schön aus, wie du so daliegst", flüsterte sie. Laurion schlug die Augen auf und sah sie an. Er sah ihr direkt in die Augen und sein Blick verdunkelte sich. „Was ist los, du willst mir irgendetwas sagen", sagte er und setzte sich auf.

„Ich habe Romen getroffen", begann Stella zu sprechen und kniete sich neben Laurion. „Er will sich heute Abend um 20 Uhr hier mit dir am Strand treffen."

„Aha und was will er von mir?", fragte Laurion kalt.

„Das wird er dir selbst sagen, aber ich möchte, dass du hingehst und ihm zuhörst", sagte Stella fordernd, denn sie spürte Laurions Abneigung. Laurion sah aufs Meer hinaus und nickte. Sein Blick blieb aber angespannt. Für einen Moment war es still zwischen ihnen, dann sah Laurion sie an, zog Stella näher an sich heran und küsste sie. Seine Lippen waren weich und sanft. Danach lächelte er sie an.

„Was machen wir jetzt?", fragte er, plötzlich wieder gut gelaunt.

Stella schmunzelte.

„Lass uns reden, erzähl mir weiter von Lumaaria", sagte sie.

„Was möchtest du noch wissen?", fragte Laurion.

„Alles, was ich noch nicht weiß! Erzähl mir von ihren Sitten und Bräuchen, wie es dort aussieht, einfach alles. Ich will genau wissen, was mich dort erwartet", erklärte Stella.

SIEBZEHN

Hand in Hand gingen Stella und Laurion zu der Stelle, an der sie Romen treffen sollten. Den ganzen Nachmittag hatte Laurion Stella von Lumaaria erzählt. Stella war beeindruckt und neugierig auf ihre mögliche neue Heimat.

Die Sonne ging bereits unter und versank rot leuchtend am Horizont.

Sie sahen Romen schon von Weitem und Laurion ließ Stellas Hand los.

„Ich will, dass du hier wartest", sagte er und küsste sie sanft auf die Stirn.

Stella gehorchte und sah ihm zu, wie er sich Romen näherte. Sie setzte sich in den Sand und beobachtete die beiden. Sie fingen an zu reden und noch sah die Stimmung friedlich aus. Sie diskutierten, aber sie stritten nicht.

Eine Weile beobachtete sie die beiden noch, dann ließ sie ihren Blick über den Horizont schweifen und wurde nachdenklich. So ganz war ihr immer noch nicht bewusst, dass sich ihr Leben bald grundlegend ändere. Ein wenig Angst beschlich sie bei dem Gedanken, nicht zu wissen, was denn nun wirklich mit ihr passieren würde. Sie spürte innerlich, dass die Veränderung schon anfing.

Sie war nicht ganz unvorbereitet, aber dennoch spürte sie die Angst. Wie eine kalte Hand legte sie sich um ihr Herz. Stella fröstelte und sie schlang ihre Arme um sich. Ihr Blick ging wieder zu Laurion und Romen. Die beiden waren ein Stück weiter gegangen und sie konnte sehen, dass sie heftig diskutierten. Es stimmte sie ein wenig traurig, dass sie Romen verletzen musste. Sie spürte, wie sehr er sie mochte und wie schwierig es sein musste, sie mit Laurion zu sehen.

Die Diskussion wurde zunächst heftiger, dann friedlicher und schließlich sah sie, wie die beiden wieder in ihre Richtung kamen. Sie gingen ruhig nebeneinander, also gab es Hoffnung, dass das Gespräch gut gelaufen war. Stella stand auf, um ihnen entgegen zu laufen.

„Hey", sagte sie sanft, als sie ihnen gegenüberstand. Laurion sah sie mit ernstem Blick an.

„Wir haben uns geeinigt. Romen und ich werden dich gemeinsam beschützen, bis du deine Verwandlung vollendet hast. Bis dahin werden wir zusammenarbeiten. Danach sind wir wieder Konkurrenten", sagte Laurion und sie konnte sehen, wie sich sein Kiefer anspannte. Romen hatte zu Boden geblickt, doch nun hob er den Kopf und sah Stella an.

„Ich habe Informationen, dass die Sectatoren, wie wir sie nennen, der Magierin der Meere dicht auf den Fersen sind. Es sind wohl ungefähr zehn Sectatoren, die hinter dir her sind. Im Moment arbeiten sie zusammen, aber das wird sich ändern, sobald sie dich gefunden haben. Dann wird jeder Sectator dich für sich haben wollen", erklärte er.

Stella nickte. Das hörte sich nicht gerade schön an, aber bei Laurion und Romen fühlte sie sich sicher.

„Romen wird in der nächsten Zeit weiterhin Informationen auskundschaften und die Gegend hier ständig im Auge behalten. Ich werde an deiner Seite sein und auf dich aufpassen. Von nun an will ich nicht, dass du irgendwo allein hingehst", sagte Laurion. Stella hob verblüfft den Kopf.

„Wie stellst du dir das vor? Willst du dich in der Schule neben mich setzen und nachts neben meinem Bett sitzen?", fragte sie ein wenig sarkastisch, was ihr sofort leidtat.

Etwas freundlicher fügte sie hinzu „Okay, aber lass uns damit anfangen, wenn es wirklich nötig ist. Im Moment droht mir noch keine Gefahr. Ich habe ungefähr drei Wochen Zeit, oder? Die möchte ich genießen können, bis mein Leben sich total verändert." Laurion wollte widersprechen, aber als er Stellas Gesicht sah, lenkte er ein. Romen hatte sich die ganze Zeit zurückgehalten und nichts gesagt. Stella hatte das Gefühl, dass er sich unwohl fühlte in der Situation.

„Lass uns noch in den Wohnwagen gehen, bevor ich nach Hause muss", sagte sie deshalb, um Romen zu erlösen.

Sie verabschiedeten sich voneinander und Romen ging allein davon. Wo er wohl untergebracht war? Irgendwie tat er Stella leid. Laurion nahm Stellas Hand und sie liefen gemeinsam Richtung Campingplatz. Sie hatte noch anderthalb Stunden Zeit, bis sie zu Hause sein musste und die wollte sie noch mit Laurion kuschelnd verbringen. Auf dem Weg zum Wohnwagen sagte niemand etwas, beide hingen sie ihren Gedanken nach.

Im Wohnwagen angekommen, sah Laurion ihr tief in die Augen. Sie konnte die Sorge und Angst in seinen Augen erkennen, und auch, wenn das seine Gründe hatte, so war es doch auch schön zu sehen, denn es zeigte ihr, dass er sie liebte.

ACHTZEHN

Wieder verging eine Woche. Stella verbrachte nach wie vor viel Zeit mit Laurion, aber sie versuchte auch wieder, mehr Zeit mit Selina zu verbringen und half ihren Eltern etwas öfter im Laden. Sie hatte das Bedürfnis, sich mehr mit all ihren Lieben zu beschäftigen. Einmal ging sie sogar mit ihren Geschwistern ins Kino, was sie sonst eigentlich nie machte. Es war, als bereitete sie sich schon aufs Abschiednehmen vor und wollte so viel wie möglich positive Erinnerungen mitnehmen.

Ihre Eltern waren auch anders zu ihr. Sie redeten mehr mit ihr, waren aufmerksamer. Irgendwann würde sie ihnen sagen müssen, was los war. Sie konnte nicht einfach so verschwinden, ohne Erklärung. Das konnte und wollte sie ihrer Familie nicht antun. Aber werden sie ihr glauben? Sie hatte schon das Gefühl, dass ihre Eltern ahnten, dass sie anders war. Aber wer oder was sie wirklich war, werden sie ihr das glauben? Es klang, wie eine Geschichte aus dem Märchen.

Stella hatte sich darauf eingestellt, noch eine ruhige Zeit mit Laurion verbringen zu können, bis sich ihr Leben total verändern sollte, doch es sollte ganz anders kommen.

Als sie eines Abends wieder einmal mit ihm am Strand verabredet war, wartete sie vergeblich auf ihn. Nach einer halben Stunde, wurde sie unruhig. Normalerweise war Laurion immer pünktlich. Sie beschloss, zu seinem Wohnwagen zu laufen. Doch auch dort fand sie ihn nicht. Der Wohnwagen war zwar nicht verschlossen, aber er war dunkel und leer.

Langsam beschlich sie Panik und legte sich kalt um ihr Herz. Was war passiert? Laurion würde doch nicht einfach weggehen? Verloren rannte sie los. Der Einzige, der ihr jetzt vielleicht noch helfen konnte, war Romen. Vielleicht wusste er, wo Laurion war. Sie eilte zum Strand, denn sie hatte keine Ahnung, wo sie suchen sollte. Sie wusste ja nicht, wo Romen wohnte! Panisch rannte und rannte sie, bis sie nicht mehr konnte. Sie war den Strand immer weiter entlang gerannt und ließ sich irgendwann einfach fallen und fing bitterlich an zu weinen. Was war passiert? Wo war er hin? Sie spürte, dass er fort war und das irgendetwas nicht stimmte.

Irgendwann spürte sie eine Hand auf ihrer Schulter und ihr Herz fing an zu klopfen. Sie hob den Kopf und sah Romen an. Gott sei Dank, wenigstens Romen war noch da, er würde ihr helfen!

„Romen, wo ist Laurion?", brach es aus ihr heraus. Romens Gesichtsausdruck war besorgt.

„Er ist wieder in Lumaaria", sagte er tonlos.

„Was? Warum?", schrie Stella jetzt. „Warum, Romen, sag es mir! Gestern war doch noch alles gut!", schrie sie unter Tränen. „Beruhige dich, Stella, dann erzähle ich es dir", sagte Romen und setzte sich neben sie in den Sand.

Aber Stella konnte sich nicht beruhigen. Die Tränen der Verzweiflung liefen und liefen einfach weiter. Irgendwann fing Romen zaghaft an, ihren Rücken zu streicheln. Stella war darüber so perplex, dass sie aufhörte, zu weinen und ihn erstaunt ansah. Romen lächelte unsicher.

„Laurion musste zurück, weil es Anaru nicht gut geht", sagte er leise.

„Er ist einer von Anarus engsten Vertrauten und noch dazu sein Enkel. Er musste schnell zurück und seinen Vater unterstützen. Balrion ist zwar jetzt König, aber der größere Respekt gehört immer noch Anaru. Es sieht nicht gut für ihn aus. Anscheinend setzt ihm die Sache mit dir zu viel zu," sagte er mit einem Augenrollen. „Die Stimmung in Lumaaria ist nicht gut im Moment. Die Meermenschen haben Angst. Es hat sich herumgesprochen was los ist, und dass es vermutlich ein neues „Lächeln der Meere" geben wird.

Es könnte sein, dass sich dadurch noch mehr Sectatoren auf den Weg machen wollen. Laurion ist in Lumaaria, um Anaru und Balrion zu stützen und dafür zu sorgen, dass dir keine Gefahr droht, wenn du in Lumaaria ankommst", erzählte Romen weiter. Leicht spöttisch fügte er hinzu: "Und ich mache das alles mit, um dich zu schützen. Wenn mein König wüsste, was ich hier tue …"

„Warum hat er mir das alles nicht selbst gesagt?", fragte Stella unglücklich.

„Das ging nicht. Er musste heute Nacht sofort gehen. Er hat den Umkehrspruch, den uns die Magierin der Meere mitgegeben hat, ausgesprochen und ist gegangen. Er hat mich gebeten, auf dich aufzupassen.

Wir haben noch ungefähr zwei Wochen, bis es gefährlich wird. Ich will versuchen, uns bis dahin gut genug vorzubereiten", erklärte er Stella ruhig.

„Sonst hat er nichts gesagt?", fragte Stella enttäuscht. „Doch …, dass er dich liebt und dass es ihm das Herz bricht, jetzt gehen zu müssen", antwortete Romen leise und hatte sichtlich Mühe dabei.

Stella kamen wieder die Tränen. Jetzt würde alles noch mal anders kommen. Sie wollte das alles gemeinsam mit Laurion durchmachen und nicht mit Romen. Romen drückte ihre Schulter. Für den Moment war nichts mehr übrig von dem jungen Mann, der so bedrohlich wirken konnte. Auch er sah nun irgendwie verloren aus.

Fast tat er Stella leid, denn sie spürte, dass auch er nicht wusste, wie er mit der Situation umgehen sollte. Auf der einen Seite war er Sarimon treu ergeben, auf der anderen wollte er Stella beschützen und hielt es so für die beste Lösung.

Für Stella war jetzt schon nicht mehr vorstellbar, dass Laurion und Romen nach ihrer Verwandlung wieder Feinde sein sollten.

Eine Weile saßen sie schweigend nebeneinander im Sand. Dann erhob sich Romen.

„Komm, du solltest jetzt nach Hause gehen. Ich muss mich noch um ein paar Dinge kümmern. Morgen kann ich dir hoffentlich zeigen, was ich meine", sagte er und sah auf Stella hinunter. Stella sah ihn an.

„Was für Dinge erledigen?", wollte sie wissen.

„Ich muss uns ein Versteck suchen, wo wir sicher sind, falls die Sectatoren auftauchen. Ich bin jetzt alleine für deine Sicherheit verantwortlich."

Seine Stimme klang jetzt sehr angespannt und dominant. Stella war fix und fertig. Sie vermisste Laurion und hatte Angst. Wenn er jetzt da wäre, würde er sie in den Arm nehmen und alles wäre gut.

Romen schien zu merken, wie es ihr ging, denn seine Stimme wurde sanfter.

„Komm, ich bringe dich ein Stück", sagte er und zog sie auf die Beine. Sie liefen schweigend nebeneinander her. Kurz vor ihrem Zuhause verabschiedeten sie sich, und Romen bat Stella, am nächsten Nachmittag an den Strand zu kommen.

„Danke", sagte Stella, als Romen sich zum Gehen wendete und Romen lächelte leicht.

Auf ihrem Zimmer angekommen, setzte Stella sich auf ihr Bett und griff nach ihrem Handy, um Selina anzurufen. Es war Donnerstag. Morgen war zwar Schule, doch sie wollte heute Nacht auf keinen Fall alleine sein. Sie hoffte, dass ihre Freundin bei ihr schlafen werde. Sie wählte Selinas Nummer und es dauerte nicht lange, bis sie die Stimme ihrer Freundin am anderen Ende hörte. Als sie die liebe, vertraute Stimme hörte, musste sie wieder weinen.

„Hey Süße, was ist los?", fragte Selina besorgt.

„Laurion ist weg", antwortete Stella schluchzend.

„Wie, Laurion ist weg?", fragte Selina ungläubig.

„Er musste zurück nach Lumaaria, weil Anaru sehr krank ist", schluchzte Stella und fuhr fort:" Selina, kannst du nicht herkommen? Ich will heute Nacht nicht alleine sein!"

„Okay, ich bin gleich da. Eigentlich wollte Tim noch kommen, aber ich sage ihm, dass du mich jetzt brauchst.

Ich beeile mich und dann erzählst du mir alles, ja?", fragte sie sanft.

„Danke Selina, ich hab dich so lieb! Natürlich erzähle ich dir dann alles", sagte Stelle, schon etwas gefasster.

„Okay, dann bis gleich Süße", sagte Selina.

„Bis gleich", erwiderte Stella und legte auf.

Selina brauchte eine halbe Stunde, bis sie bei ihrer Freundin vor der Tür stand. Stella war so froh sie zu sehen und fiel ihr erst einmal in die Arme. Die kleine Selina hielt ihre Freundin fest. Dann gingen sie auf ihr Zimmer und setzten sich aufs Bett. Erschöpft legte Stella ihren Kopf in den Schoß ihrer Freundin und fing an zu erzählen. Als sie fertig war, hatte ihre Freundin Tränen in den Augen.

„Hey, was ist los, warum weinst du denn jetzt?", fragte Stella erschrocken.

„Mir wird gerade bewusst, dass ich dich bald nicht mehr bei mir haben werde", sagte Selina mit erstickter Stimme.

„Versteh mich nicht falsch, ich will, dass du glücklich bist und wenn das deine Bestimmung ist, dann soll es so ein, aber du wirst mir schrecklich fehlen. Was soll ich denn ohne dich machen?", fügte Selina hinzu.

Stella sah ihre Freundin an. Sie hatte recht, bald würden sie getrennt werden. Selina war ihre engste Vertraute, der Mensch, mit dem sie immer über alles reden konnte und die alles von ihr wusste. Wie sollte sie in der neuen Welt ohne ihre Freundin überleben? Plötzlich wurde auch ihr das schmerzlich bewusst. Sie setzte sich auf, und nahm ihre Freundin in den Arm. Beide fingen hemmungslos an zu schluchzen.

Als sie sich ausgeweint und beruhigt hatten, legten sie sich zusammen in Stellas Bett.

„Wirst du es deinen Eltern sagen?", fragte Selina.

„Ich weiß nicht wie, die glauben mir doch kein Wort. Aber irgendetwas muss ich ihnen sagen", antwortete Stella. Ihr wurde klar, dass da so viele Dinge auf sie zukamen, mit denen sie gar nicht umzugehen wusste. Für den Moment war ihr das alles zu viel. Wie sollte sie das hinbekommen ohne Laurion, der sie immer auffing und ihr ein Gefühl der Sicherheit gab?

Sie hatte immer fest damit gerechnet, dass er die ganze Zeit bei ihr sei und nun war er fort. Es gab nur noch Romen, der bei ihr war und der konnte Laurion nicht ersetzen. Stellas Gedanken kreisten. Selina hielt ihre Hand, was tröstlich war. Irgendwann war sie so müde, dass ihr die Augen zufielen und sie in einen traumlosen Schlaf glitt.

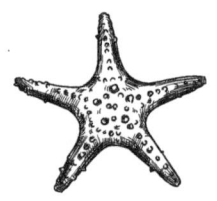

NEUNZEHN

Am nächsten Morgen wurde Stella mit Kopfschmerzen wach und auch Selina sah zerknautscht aus. Sie machten sich fertig und gingen beide ziemlich geknickt in die Schule.

Der Schultag verlief unspektakulär und zog sich hin. Nicht einmal Tim konnte Selinas Laune an diesem Tag aufheitern.

Am Nachmittag ging Stella wie verabredet an den Strand. Romen wartete schon auf sie.

„Hallo Stella", begrüßte er sie. Er schien seine Fassung wiedererlangt zu haben, denn seine Ausstrahlung war wieder da. Er war erneut der bedrohlich wirkende, attraktive Fremde. Aber Stella war das so lieber. Sie vertraute ihm und fühlte sich sicherer, wenn er wieder „der Alte" war.

Romen führte sie zu einem etwas abgelegenen Teil der Dünen.

Versteckt zwischen ihnen befand sich tatsächlich eine kleine Höhle, die man so gar nicht sehen konnte. Ihr Eingang war mit Schilf zugewachsen. Romen führte sie in die Höhle, in der sie kaum stehen konnten und die auch sonst ziemlich klein war. „Hier werden wir uns verstecken, wenn die Sectatoren auftauchen", sagte er.

„Ich werde sie noch etwas herrichten, wir brauchen noch ein paar Sachen. Aber sie ist wirklich gut versteckt und man wird dich hier nicht finden", sagte er. Stella musste ihm recht geben, auch wenn ihr der Gedanke, hier möglicherweise ein paar Tage bleiben zu müssen, gar nicht gefiel.

Sie setzten sich auf den Boden der Höhle und schwiegen eine ganze Weile, bis Romen begann, ein Gespräch aufzubauen. Je länger sie da saßen, desto mehr tauten sie auf und redeten. Stella erzählte von ihrem bisherigen Leben und Romen von seinem Leben in Lumaaria.

Am frühen Abend verließen sie dann ihre Höhle und Stella ging es etwas besser. Romen war ihr nicht mehr so fremd, sie waren sich nähergekommen.

Die kommenden zwei Wochen vergingen schnell. Stella ging wie gewohnt zur Schule und arbeitete weiterhin samstags im Laden. Ihre Eltern sah sie wieder weniger. Sie hatte immer noch keine Idee, was sie ihnen erzählen sollte. Selina nahm sich wieder mehr Zeit für Stella und traf sich auch manchmal gemeinsam mit ihr und Romen. Stella wollte, dass Selina über alles Bescheid wusste. Romen akzeptierte es zähneknirschend.

Dass Selina die Wahrheit kannte, stellte ein Risiko dar. Je näher der Tag rückte, an dem die Sectatoren kommen konnten, umso mehr war Roman daher darauf bedacht, dass Selina nicht dabei war. Er wollte nicht, dass die Sectatoren erfahren, dass Selina eingeweiht war, da das sonst gefährlich für sie werden konnte. Stella und Selina verstanden das. Bei ihren Treffen bereitete Romen Stella Stück für Stück auf ihre Verwandlung vor, so gut er konnte.

Er hatte erfahren, dass die Sectatoren die Magierin der Meere gefunden und erpresst hatten, sodass sie ihren Zauber ausgesprochen hatte und sie nun schon auf dem Weg waren. Zur Sicherheit brachte er Stella nun noch einige Abwehrtechniken und Verteidigungsmöglichkeiten bei, damit sie sich im Zweifelsfall wehren konnte.

Stella konnte die Verwandlung ihres Körpers immer deutlicher spüren. Ihre Beine nahmen nun augenblicklich dieses türkis-farbene Schimmern an, wenn sie auch nur in irgendeiner Form mit Wasser in Berührung kamen. Aus diesem Grund trug sie nun nur noch lange Hosen. Außerdem hatte sie eine Veränderung hinter ihren Ohren ertastet. Romen erklärte ihr, dass das ihre Kiemen waren, die langsam anfingen, sich zu bilden. Sie wurden aber von ihren langen Haaren noch gut verdeckt. Ihre Gefühle veränderten sich ebenfalls. Die Angst vor dem Unbekannten wich immer mehr einer großen Sehnsucht. Nicht nur nach Laurion, auch nach dieser neuen Welt unter Wasser.

Selina bemerkte die Veränderungen ihrer Freundin ebenfalls, aber mit gemischten Gefühlen. Die Stimmung in diesen Tagen war sehr emotional. Stella sorgte sich um Laurion, von dem sie nichts mehr gehört hatte, seit seinem Verschwinden. Auch Romen hatte nichts mehr erfahren.

In ruhigen Minuten redeten Stella und Romen oft miteinander. Dann legte Romen seine kühle, bedrohliche Ausstrahlung ab und wurde ganz zahm. Stella spürte, dass er sie sehr gern hatte und auch ihr war er ans Herz gewachsen. Doch waren diese Gefühle nicht vergleichbar mit den Gefühlen, die sie für Laurion hegte. Trotzdem dachte sie oft darüber nach, ob sie es schaffen würde, die beiden zerstrittenen Völker wieder zu vereinigen. Das war ihr eine Herzensangelegenheit.

Romen war ihr ein wichtiger Freund geworden. Es war undenkbar, dass er wieder ihr Feind werden sollte.

Genau fünf Tage vor ihrem Geburtstag war er da, der Tag an dem Romen sie schon morgens früh vor der Haustür abpasste und ihr mitteilte, dass die ersten Sectatoren aufgetaucht waren.

Ein normal sterblicher konnte einen Sectator nicht von einem normalen Touristen unterscheiden. Aber ein Meermensch erkannte sie an ihrer Ausstrahlung und der Art, wie sie sich bewegten, ganz genau. Manche trugen getarnte Waffen bei sich, die ebenfalls nur ein Meermensch identifizieren konnte.

Obwohl Stella schon lange wusste, dass der Tag kommen würde, traf sie diese Information wie ein Blitzschlag. Es hieß für sie, dass sie sich so unauffällig wie möglich verhalten musste, damit man sie nicht entdeckte.

Romen begleitete sie fortan jeden Morgen zur Schule und sie gingen jeden Tag einen anderen Weg. Nachmittags verließ Stella das Haus nicht mehr. Sie ging auch nicht mehr zum Strand, was ihr körperlich sehr zusetzte. Aber die Wahrscheinlichkeit, dass ein Sectator sie am Strand entdeckte, war zu hoch.

Trotz all der Vorsicht ergab es sich, dass sie an einem Morgen nur knapp einem Sectator entkamen. Romen entdeckte ihn, bevor er sie entdecken konnte, und schob Stella in eine Seitengasse. Sobald der Sectator verschwunden war, schlichen sie vorsichtig in die Höhle und Stella ging an diesem Tag nicht zur Schule. Stattdessen saß sie in der Höhle, bis es dunkel wurde und Romen sie, angespannt und immer auf der Hut, nach Hause brachte. Romen beobachtete in diesen Tagen immer mehr Sectatoren und stellte beunruhigt fest, dass sie ihrem Ziel immer näherkamen. Eines Abends entdeckte ihn ein Sectator und verfolgte ihn.

Romen rannte, so gut er das mit seinen ungeübten Beinen konnte. Glücklicherweise hatte der Sectator dasselbe Problem. Dennoch holte er ihn fast ein. Er warf einen kurzen, spitzen Speer nach ihm und verletzte ihn an der Schulter. In letzter Sekunde konnte Romen durch einen dunklen Kellergang fliehen. Er floh zu Stella, deren Eltern nicht da waren und Geschwister schon schliefen. Stella brachte ihn in ihr Zimmer und versorgte seine Wunde.

Da es Romen nicht gut ging und er geschwächt war, blieb er die Nacht bei ihr. Als er auf ihrer Couch eingeschlafen war, erwischte Stella sich dabei, wie sie ihn ansah. In den letzten Tagen hatte sie ihn noch mehr ins Herz geschlossen. Wie er da schlief, sah er so verletzlich aus, es war nichts übrig von seiner sonst so einschüchternden Ausstrahlung. Mittlerweile kannte sie ihn besser und wusste, dass in seinem Inneren ein weiches Herz wohnte. Aber es war ein Kämpferherz.

Drei Tage vor ihrem Geburtstag konfrontierte Romen sie mit der Bitte, sich auf ihren Abschied vorzubereiten. Mit einem Knoten im Magen rief Stella Selina an. Die beiden trafen sich bei Stella zu Hause. Als Selina klingelte und Stella öffnete, fielen die Mädchen sich schluchzend um den Hals.

„Ich fasse es nicht, dass es jetzt soweit sein soll", weinte Selina.

„Ich auch nicht, ich habe solche Angst", schluchzte Stella. So kurz davor überkam sie eine mächtige Panik und Verlustangst. Das Einzige, was sie daran hinderte durchzudrehen, war das Wissen, dass sie Laurion wiedersehen würde.

Sie gingen in Stellas Zimmer. Ihre Eltern waren unten im Wohnzimmer und hatten nichts mitbekommen. Stella hatte immer noch keine Ahnung, was sie ihren Eltern sagen sollte. Aber sie musste sich irgendwie von ihnen verabschieden. Mit diesem Gedanken war sie völlig überfordert. Sie saßen also in Stellas Zimmer, mit betrübten Gesichtern und schwiegen eine Weile.

Packen musste Stella nichts, sie konnte ohnehin nichts mitnehmen. Nicht einmal ein Foto konnte sie mitnehmen.

„Du kannst zwar nichts mitnehmen, aber ich würde trotzdem gerne etwas tun, was uns beide für immer verbindet", sagte Selina mit trauriger Stimme. Stella sah ihre Freundin an. Ja, sie wollte auch irgendetwas, was sie für immer an Selina erinnerte. Aber was?

„Ich habe eine Idee", sagte Stella. „Ich habe für morgen einen Termin bei einem Tattoo-Studio gemacht. Ich möchte, dass wir uns beide das gleiche Tattoo stechen lassen. Das chinesische Zeichen für Freundschaft", ergänzte Selina.

Stella lächelte. Die Idee gefiel ihr. Nur gab es da noch ein Problem: „Wir sind nicht volljährig, wir dürfen uns ohne das Einverständnis unserer Eltern nicht tätowieren lassen", bemerkte Stella.

„Ich weiß. Ich habe mit meinen Eltern schon gesprochen und die erlauben es mir. Sie haben mir eine Einverständniserklärung geschrieben.Und bei dir scheißen wir darauf und fälschen eine", sagte sie entschlossen. Normalerweise tat Stella so etwas nicht, aber in diesem Fall war es ihr ausnahmsweise egal. Es war die einzige Möglichkeit, etwas von ihrer geliebten Freundin mitzunehmen.

„Okay, lass uns das machen", sagte sie mit einem entschlossenen Lächeln. Selina stand auf und umarmte ihre Freundin.

Der morgige Tag würde ihr letzter sein. Romen war sicher nicht begeistert von der Idee mit dem Tattoo-Studio, viel zu gefährlich, aber auch dass war ihr ausnahmsweise egal. Sie werden aufpassen. Am Besten erzählte sie Romen erst gar nicht, was sie vorhatte. Mittags ließ er sie immer zu Hause allein, wo er sie in Sicherheit wusste.

Nachdem Selina gegangen war, setzte Stella sich an ihren Schreibtisch. Sie wollte einen Brief an ihre Eltern und Geschwister verfassen. Es war zwar nicht die Beste, aber die sicherste Form des Abschieds. Sie musste ihre Familie immerhin schützen. Und sie konnte nicht riskieren, dass man versuchte, sie aufzuhalten. Dennoch tat es ihr in der Seele weh, denn sie wusste, dass sie vor allem ihre Geschwister sehr verletze. Aber irgendjemanden musste sie verletzen, es ging nicht anders.

Sie wusste noch nicht sicher, was mit ihr geschehen würde. Wenn sie noch die Möglichkeit haben würde, menschliche Gestalt anzunehmen, werde sie irgendwann zurückkehren und ihrer Familie die Wahrheit sagen. Sie werde es ihnen zeigen, sodass sie es auch wirklich glauben konnten. Jetzt sollten sie erst einmal glauben, sie sei gegangen, um ihre richtigen Eltern zu suchen. Sie schrieb folgende Zeilen:

Geliebte Familie,

Ihr werdet euch wundern, dass ich fort bin und euch fragen, wohin ich gegangen bin. Bitte macht euch keine Sorgen. Es geht mir gut. Ich habe einen Tipp bekommen, wie ich meine leiblichen Eltern finden kann und dem möchte ich nachgehen.
Ich habe euch nicht Bescheid gesagt, weil ich nicht wollte, dass ihr versucht, mich aufzuhalten. Bitte verzeiht mir. Ihr kennt mich, ich kann gut auf mich selbst aufpassen. Und ich muss das jetzt einfach tun. Ich melde mich, sobald ich etwas oder jemanden gefunden habe. Ich danke euch für alles, was ihr in all den Jahren für mich getan habt. Ihr wart wirklich tolle Eltern und die besten Geschwister, die man sich vorstellen kann! Passt alle gut auf euch auf, ich habe euch sehr lieb!

Bis bald,
Eure Stella

Mit Tränen in den Augen steckte sie den Brief in einen Umschlag und legte ihn in eine Schublade ihres Schreibtisches.

ZWANZIG

Am nächsten Morgen holte Romen Stella wie gewohnt zur Schule ab. Es sollte ihr letzter Schultag sein. Bei dem Gedanken wurde Stella schlecht und sie versuchte, ihn zu verdrängen.

Wenn sie den ganzen Tag darüber nachdachte, dass sie alle ihre Freunde nicht wiedersehen werde, würde sie irgendwann wahrscheinlich in Tränen ausbrechen. Sie sprach nicht viel auf dem Schulweg und Romen ließ sie in Ruhe. Er schien zu verstehen, was in ihr vorging und dafür war sie ihm sehr dankbar.

In einer der großen Pausen in der Schule kam Angelo auf sie zu. Angelo, dessen Vater das Eiscafé gegenüber des Souvenirladens hatte, und den sie so mochte. Sie hatten lange nicht miteinander gesprochen.

„Hey Stella, lange nicht gesehen, alles klar bei dir? Früher bist du öfter rüber ins Café auf einen Cappuccino gekommen, was ist los?", fragte er und sah sie mit seinen braunen Augen an.

Was sollte sie ihm antworten? Ihr wurde plötzlich klar, dass sie Angelo auch nicht mehr sehen werde. Wortlos nahm sie ihn in den Arm. Angelo erwiderte die Umarmung. Als sie sich lösten, sah er sie mit großen Augen fragend an.

„Mein Leben ist kompliziert im Moment. Irgendwann erkläre ich es dir vielleicht einmal. Pass auf dich auf", sagte sie und wandte sich schnell ab, bevor ihr die Tränen kamen.

Es war ein emotional sehr anstrengender Schultag und Stella war froh, als er vorbei war. Sie verließ das Schulgelände schnell, um endlich allein sein zu können. Obwohl sie nicht wirklich allein war, denn natürlich holte Romen sie ab und begleitete sie nach Hause. Sie gingen wieder schweigend, bis Stella ihre Tränen nicht mehr unterdrücken konnte. Sie fühlte sich so hilflos und allein. Als Romen ihre Tränen bemerkte, nahm er sie ganz unvermittelt in den Arm. Er drückte Stella fest an seine Brust und das fühlte sich seltsam gut und tröstlich an. Sie legte ihr Gesicht an seine Brust und er streichelte ihr Haar.

„Hab keine Angst, alles wird gut. Ich bin bei dir und lasse dich nicht alleine, bis du in Sicherheit bist", sagte er sanft. So standen sie eine Weile, bis Stella sich wieder beruhigt hatte und sie weitergehen konnten.

Bei Stella angekommen, bat sie Romen sie allein zu lassen. Sie bat ihn, erst am Abend wiederzukommen. Zu ihrer Verwunderung akzeptierte Romen ihren Wunsch und versprach am Abend, ihrem letzten Abend, wiederzukommen.

Auf ihrem Zimmer angekommen verspürte sie plötzlich ein seltsames Gefühl in den Beinen. Sie konnte sich ganz plötzlich nicht mehr auf ihnen halten, stürzte und fiel, mit dem Kopf an die Kante ihres Schreibtisches. Ein scharfer Schmerz durchzuckte ihren Kopf und für einen Moment sah sie Sternchen. Sie fühlte, wie etwas Warmes über ihr Gesicht lief, es war Blut! Doch, als sie taumelnd aufstand, um sich ein Tuch zu nehmen und in den Spiegel zu sehen, war da plötzlich nichts mehr außer dem Blut an ihren Händen, mit denen sie die Wunde ertastet hatte. Ihre Stirn war vollkommen heil und auch der Schmerz ließ augenblicklich nach. Als sie näher an den Spiegel rückte, fiel ihr ebenso auf, dass ihre Augenfarbe sich verändert hatte. Sie waren zwar immer noch türkisblau, aber sie schimmerten, als seien sie mit goldenen Fäden durchzogen. Ungläubig starrte sie ihr Spiegelbild an. Sie stellte sich vorsichtig hin, denn ihre Beine waren immer noch seltsam taub. Würde ihre Verwandlung jetzt schon losgehen?

Sie versuchte, ein paar Schritte zu gehen. Es fühlte sich tatsächlich fremd an. Plötzlich fing auch ihre Haut an, zu jucken. Irgendetwas stimmte gerade überhaupt nicht mit ihr.

Sie stolperte zu ihrem Bett und legte sich hin. Tief ein und ausatmend versuchte sie, sich zu beruhigen. Sie schloss die Augen und dachte an Laurion. Sie dachte an sein Gesicht und an seine Stimme und wie er sie gehalten hatte. Tatsächlich beruhigte sie das. Langsam verflog auch das Jucken und die Taubheit in ihren Beinen. Sie stand langsam auf und sah in den Spiegel. Ihre Augen waren immer noch verändert. Gleich würde Selina kommen, um sie zum Tätowieren abzuholen. Sie wollte noch die gefälschte Einverständniserklärung vorbereiten, also setzte sie sich an ihren Schreibtisch. Ihre Hände zitterten noch ein bisschen. Was würde bloß mit ihr passieren? Lieber nicht darüber nachdenken, ermahnte sie sich.

Eine halbe Stunde später klingelte es. Es war Selina. Stella zog sich eine Sonnenbrille auf und die beiden schlichen sich aus dem Haus. Stella war unsicher. Sie fühlte sich zwar wieder einigermaßen normal, aber irgendwie auch nicht. Sie hatte das unheimliche Bedürfnis, zum Wasser zu gehen. Aber sie hatte Selina dieses Andenken versprochen und sie wollte es auch. Das Tattoo-Studio war in der Stadt und Selina hatte ihren Bruder als Taxi organisiert, was es für Stella wesentlich ungefährlicher machte. Lediglich zurück würden sie irgendwie anders kommen müssen. Raik, Selinas Bruder, zu dem Stella nie irgendeine Beziehung hatte aufbauen können, weil er sehr introvertiert und still war, setzte die beiden am Tattoo-Studio ab.

„Wieso nimmst du nicht die Sonnenbrille ab, die Sonne scheint doch gar nicht so stark?", fragte Selina, bevor sie den Laden betraten.

„Das zeige ich dir später", erwiderte Stella.

„Tach Mädels", begrüßte sie der glatzköpfige, tätowierte, aber sympathisch wirkende Typ, hinter dem Tresen.

„Hi, wir haben einen Termin und wollen uns ein Freundschaftstattoo stechen lassen. Das chinesische Zeichen für Freundschaft", sagte Selina.

„Alles klärchen, wie alt seid ihr denn?", fragte er und Stella, antwortete sofort, „16, aber wir haben Einverständniserklärungen unserer Eltern dabei".

Der nette Typ, der sich als Ole vorstellte, nahm die Einverständniserklärungen entgegen und führte die Mädels in einen Nebenraum. Dort war er dann die nächsten anderthalb Stunden damit beschäftigt, den Mädels ihre schmerzhaften Tattoos zu stechen. Beide ließen sich die Tattoos auf den rechten Oberarm stechen. Als Ole fertig war, schmierte er die Tattoos noch fett mit Vaseline ein und klebte sie mit Plastikfolie ab. Dann bezahlte Selina und sie gingen hinaus. Es war schon verdammt schmerzhaft gewesen, aber Stella war jetzt froh und stolz, dass sie dieses Andenken an Selina mitnehmen konnte.

„Und wie wollen wir jetzt heimkommen?", fragte Selina. „Laufen oder mit dem Bus?", antwortete Stella und nahm zum ersten Mal die Sonnenbrille ab. Selina sah sie mit großen Augen an.

„Um Himmels Willen, was ist mit deinen Augen passiert?", stieß sie hervor.

„Es geht langsam los Süße, ich verändere mich", entgegnete Stella sanft.

„Auch wenn es mich im ersten Moment erschreckt hat, es sieht wunderschön aus", flüsterte Selina ehrfürchtig.

„Lass uns laufen, mit diesen Augen falle ich im Bus zu sehr auf", entschied Stella schließlich. Es war ein gutes Stück, aber sie kannten den Weg und so hatten sie noch eine Weile zusammen. An die Sectatoren dachte Stella in dem Moment überhaupt nicht.

Sie waren schon ein ganzes Stück gegangen, als es Stella plötzlich unwohl wurde. Sie konnte es sich nicht erklären, aber irgendetwas stimmte nicht. Verstohlen sah sie sich um. Sie fühlte sich beobachtet. Sie nahm Selinas Hand und zog ihre Freundin etwas schneller hinter sich her.

„Hey, was ist, warum rennst du auf einmal so?", fragte Selina.

„Irgendwas stimmt nicht", zischte sie ihrer Freundin zwischen zusammengebissenen Zähnen zu.

Sie gingen mit schnellen Schritten noch ungefähr zwanzig minuten weiter, dann sah Stella ihn plötzlich. Sie waren gerade in einer sehr ruhigen Seitenstraße, weil Stella lieber Schleichwege laufen wollte.

Ein Sectator stand einige Meter vor ihnen und sah sie an. Obwohl sie keine Ahnung hatte, wie ein Sectator aussah, wusste sie, dass es einer war. Eine seltsame Aura umgab ihn und er war sehr hübsch. Sie blieb abrupt stehen und schob Selina hinter sich. Sie würde ihre Freundin beschützen. Der Sectator sah zwar aus wie ein Mensch, ein sehr attraktiver Mann, aber er bewegte sich anders und trug seltsame Kleidung und langes Haar. Obwohl sie noch nie einem Sectatoren begegnet war, erkannte Stella sofort, dass er einer war.

Er sah Stella grinsend und mit glühenden Augen an. Komischerweise hatte Stella keine Angst vor ihm. Selina allerdings schon, das konnte Stella spüren. Sie fühlte sich plötzlich unheimlich stark. Der Sectator kam näher, ohne etwas zu sagen. Er hatte ein selbstgefälliges Grinsen im Gesicht. Stella ging mutig weiter. Wie eine Raubkatze schlich auch der Sectator auf sie zu. Plötzlich wurde Stella klar, dass auch hinter ihnen ein Sectator sein musste. Sie spürte es einfach und hielt Selinas Hand noch fester. Verdammt, was sollte sie jetzt tun? Sie machte sich weniger Sorgen um sich selbst, als um ihre Freundin.

Würden die Sectatoren ihr etwas tun? Oder würden sie Selina verschonen, solange sie nur an Stella herankamen? Plötzlich regte sich etwas neben ihr und ihr war klar, dass aus der Gasse neben ihr ebenfalls ein Sectator geschlichen kam. Sie atmete tief ein. Ganz ruhig bleiben, ermahnte sie sich. Außer Ihnen war keine Menschenseele auf der Straße unterwegs. Selinas Hand in ihrer zitterte.

„Bleib ganz ruhig, wir bekommen das schon hin", flüsterte sie ihrer Freundin zu.

Nun kamen also drei Sectatoren aus drei unterschiedlichen Richtungen auf sie zu. Stella hatte nichts, um sich zu verteidigen. Zu allem Überfluss spürte sie plötzlich, wie ihre Beine wieder seltsam taub wurden. Aber sie spürte auch eine unheimliche Stärke in sich aufkeimen. Trotzdem würde sie gegen die Drei ankommen und ihre Freundin beschützen können? Würden sie Selina überhaupt etwas tun? Es ging ihnen ja wohl nur um sie.

Der Sectator, der ihr entgegen kam, war schon verdammt nah.

„Aha, da ist sie ja, unser neues Lächeln der Meere", sagte er mit butterweicher Stimme und kam immer näher.

In Stellas Innerem breitete sich plötzlich eine seltsame Hitze aus. Ihr war schwindelig. Würde sie sich jetzt, genau hier, verwandeln? Ungünstiger ging es ja wohl nicht. Wenn doch nur Romen hier wäre.

Als hätte er das gehört, hörte sie plötzlich Romens Stimme.

„Halt, lasst sie in Ruhe!", rief er. Die Sectatoren waren einen Moment abgelenkt, den Stella nutzte, um Selinas Hand festzuhalten und loszusprinten. Zumindest versuchte sie es, denn ihre Beine wollten nicht so wirklich mitmachen. Sie musste zum Wasser! Gott sei Dank waren sie nicht allzu weit vom Strand entfernt.

Die Sectatoren nahmen sehr schnell die Verfolgung auf, aber Stella hörte, wie Romen versuchte sie aufzuhalten. Sie hörte, wie er kämpfte und ihr Magen krampfte sich zusammen. Hoffentlich würde ihm nichts geschehen!

„Stella, lass mich los, die wollen nichts von mir und alleine bist du viel schneller", rief Selina hinter ihr.

Romen hatte die Sectatoren soweit aufhalten können, dass Stella einen guten Vorsprung hatte. Sie zog Selina in eine kleine Gasse und blieb stehen. Die beiden Freundinnen sahen sich an. Selinas Augen füllten sich mit Tränen.

„Es ist Zeit, Abschied zu nehmen", sagte sie schluchzend. Auch Stella kämpfte mit den Tränen. Nun war es also soweit. Sie griff in ihre Hosentasche und nahm ihren Hausschlüssel heraus. „Bitte Selina geh zu mir nach Hause. Der Brief an meine Eltern liegt in der Schublade meines Schreibtischs. Bitte nimm ihn heraus und lege ihn auf den Küchentisch, damit sie ihn finden. Sie werden vor heute Abend nicht zu Hause sein", flehte sie ihre Freundin an.

„Natürlich", antwortete diese.

„Ich werde dich nie vergessen Selina, meine Süße. Und wenn es irgendeine Möglichkeit gibt, dann komme ich dich besuchen! Pass gut auf dich auf!", schluchzte Stella. Selina konnte nur nicken, dann fielen die Mädchen sich in die Arme und hielten sich fest umschlungen. Sie standen eine ganze Weile und konnten sich nicht lösen, bis Stella die Sectatoren näherkommen hörte. Sie löste sich von Selina.

„Du musst gehen", sagte diese mit etwas festerer Stimme. Stella nickte und küsste ihre Freundin auf die Stirn. Dann drehte sie sich um und sah zum Wasser. Es war nicht mehr weit. Sie rannte los, mit ihren fast tauben Beinen und hoffte, dass sie nicht hinfiel.

Zu spät, einige Meter weiter, sie hatte den Strand schon erreicht, gaben ihre Beine nach und sie fiel in den Sand.

Sie drehte sich rasch um und sah die Sectatoren auf sich zukommen. Wo war Romen? Sie wollte aufstehen, aber ihre Beine machten nicht mit. Sie sah zu ihren Füßen und erschrak. Sie trug einen Rock und unter dem Rock sah sie ihre Füße, die schon mehr aussahen wie türkise Fischflossen als wie ihre Füße.

Sie spürte, wie sich ihre Oberschenkel nicht mehr trennen ließen. Oh nein, wie sollte sie jetzt noch zum Wasser kommen? Wie aus dem Nichts waren da plötzlich Selina und Romen, die sie hoch zerrten, im selben Moment, als der erste Sectator sie erfassen wollte. Romen hob Stella auf seine Arme und rannte zum Wasser, dicht gefolgt von Selina. Er rannte ins Wasser und setzte Stella ab. Die Sectatoren waren direkt hinter ihnen.

Einer stieß Selina aus dem Weg und wollte sich auf Stella stürzen, aber Romen war schneller und hielt ihn fest.

„Lauf weg Selina", rief Stella und die Freundin rappelte sich auf und zog sich unbemerkt zurück. Die Sectatoren hatten nur Augen für Stella.

Stella spürte, dass ihre Verwandlung sich nun vollendete. Einen Tag früher, als sie erwartet hatte. Sie fühlte sich stark und leicht zugleich. Ihre Beine waren nun endgültig zu einer Flosse geworden und es fühlte sich an, als sei es schon immer so gewesen. Sie sah Romen an, der sich mühevoll gegen die Sectatoren stemmte, die Stella mit großen Augen ansahen. Plötzlich wusste sie, dass sie ihre Angreifer abwehren konnte. Sie hob ihre Hand, und so etwas wie ein Kraftfeld stürmte auf die Sectatoren zu und warf sie zurück. Wie durch Zauberhand blieb Romen unversehrt. Selina war auch wieder sicher am Ufer angekommen, und beobachtete alles aus sicherer Entfernung.

Geh, tauch unter Stella. Ich halte die Sectatoren zurück. Laurion wartet auf dich. Bring unsere Völker wieder zusammen, hörte sie auf einmal in ihrem Kopf und ihr wurde klar, dass sie Romens Gedanken hören konnte. Sie sah ihn an und nickte. Werden wir uns wiedersehen? Fragte sie ihn in Gedanken. Diesmal nickte Romen und lächelte. Stella drehte sich um und sah aufs Wasser. Es fühlte sich selbstverständlich an, hier zu sein.

Sie hörte Romen aufschreien und drehte sich noch kurz um. Sie sah eine Horde Sectatoren, die sich auf Romen stürzten. Oh nein! Das schafft er nicht!, dachte sie panisch. Erneut versuchte sie das Kraftfeld aufzubauen, aber es gelang ihr nur bedingt. Die Sectatoren ließen kurz von Romen ab und Romen stellte sich hin. Geh endlich! Denk nicht an mich, deine Mission ist wichtiger! Tauch unter! Jetzt!, hörte sie Romens Stimme in ihrem Kopf.

Und dann war da plötzlich wieder diese andere, vertraute Stimme. Geh mein Kind, geh und erfülle deine Mission. Romen wird allein zurechtkommen, hörte sie sagen und plötzlich war ihr klar, dass es die Stimme ihrer Mutter sein musste! Ihr Herz krampfte sich zusammen, aber sie wusste, dass die beiden recht hatten. Sie löste das Kraftfeld auf und blitzschnell waren die Sectatoren wieder nähergekommen. Sie drehte sich um und spürte schon den Griff eines Sectators an ihrem Arm. Sie riss sich los und tauchte unter. Laurion würde jetzt hoffentlich hier auf sie warten ...

To be continued...